U0092590

甜的眼淚

王錦華 著

獻給——

與我《異夢同床》的詩人——

月曲了

序

聚散倆依依
——魂牽夢繞情難移　曲終人散長相思

陳若莉

夜深人靜，展讀錦華將付梓新書《甜的眼淚》之文稿，不勝感慨萬千。

這本書是月曲了在世時，鼓勵她整理文章結集出版，文中充滿了月曲了身影，與錦華相伴相隨的過往，而今竟成為紀念他的書籍，豈不令人唏噓！

初次與他們伉儷相逢，是在馬尼拉大旅社的菲華文協十週年慶祝會上。月曲了將他紀念好友王國棟離世所寫的名詩〈天色已靜〉，配上樂譜，錦華輕聲柔和的吟誦，月曲了抑鬱憂傷的唱出他們對亡友深深的懷念！女的嬌小婉約，男的沉穩儒雅，好一對文壇佳偶。

月曲了詩齡甚長，詩是他的最愛，詞短情長，意境悠遠，為菲華現代詩的先行者。錦華散文不尚雕琢，一派真我生動感人。兩人在詩文中相互切磋，彼此激勵，詩文各擅勝場。在我國文學史上，詩歌與散文並稱「雙璧」，他們曾合集出版《異夢同床》，真乃「雙璧合一」了。

錦華家學淵源，其父執長輩，多為舊詩詞之傳統詩人，自幼耳濡目染受到影響，及長又嫁給現代詩人，加上她除了中國血統之外，尚有菲律賓、西班牙的混血，因此她的文章往往是細緻與坦率，溫柔與熱情，中西文化並呈，古典與現代兼備。用飽蘸感情的筆，寫出篇篇真誠鮮活的作品，使人讀得津津有味，情趣盎然。

他們不僅懂得生活，無論在婚姻裏，事業上，家庭中，都是創意無限，最難得是彼此都是深情款款為對方著想，纏纏綿綿過日子。真是歲月美好，世間有情。

錦華先前的文章是用心在寫。難忘父母深恩，長在心中，〈發霉的記憶〉就寫出「時間不必防腐劑，往事卻依然歷歷在目……。」〈千衣百服〉及〈寒舍〉都是他們恩愛同行的見證；〈佳作〉、〈童言：無忌〉是兒孫三代之溫馨歡怡，加上對友情之珍惜與文章之樂趣；〈小店故事多〉寫小店風光，人情世事，中菲佳餚美食，不但令顧客齒頰留香，其中的人文氛圍，亦是親朋好友歡聚的地方，並受到報刊與電視臺的肯定。這些躍然於紙上，活靈活現的呈現在眼前。《甜的眼淚》也就是他們幸福的眼淚。

愛情與生離死別都是文學永遠的主題。

當錦華經歷與月曲了的「死別」，是生命最難承受的一擊。正如巴金遭遇到至愛的終身伴侶，不幸被迫害致死的悲劇，而以「熬骨燒心的懷念」寫出〈懷念蕭珊〉紀念亡妻之文，那種語出肺腑，生死與共的情意，感人至深，被認為是他前所未有的一個創作，「於縈迴中見深摯，於嗚咽中見沉鬱」。

綜觀錦華悼念月曲了之文，是用血淚在寫，靈魂深處的哀痛，「天涯地角有窮時，只有相思無盡處。」至情都溶入了文章血脈中，情深韻長，加重了作品的深厚度。

從〈又是一場夢魘〉開始，錦華陪月曲了一起與病魔抗爭，其間之擔驚受怕，暗自飲泣，依然打扮宜人，為使病人愉悅。又得時時安撫，以免其氣餒，那種煎熬恐非局外人所能體會。大家都祝禱月曲了，以為在動過大手術後，已漸入佳境。豈知七月十一日凌晨突然辭世，任由錦華聲聲呼喚「你是去了哪裏？」月曲了依然是闔上雙眼，歸於大海，令大家的熱淚隨著錦華熱淚流個不停。

〈鏡內〉是月曲了病中所寫，尚未發表的三首詩之一：

為了看自己　所以走入鏡內
鏡內雖然看到完整的自己
思念想像之外　我的眼光
依然是碎的　意象與夢
是那麼不堪　輕輕一敲嗎？

詩人是極端敏銳而多感，依我的領悟，他是否已有預感？以〈碎的眼光〉多角度來省視生命，從鏡內折射出人生的虛實，無論意象與夢甚至生命，經不起無情時間的輕敲，屆時就得無奈的告別，走入錦華的眼睛，永不再出來。

〈你走後……〉為錦華紀念月曲了過世百日之作。她細心將親友對其懷念與哀悼之文，簡潔而概括的節錄，表達對月曲了的不捨，同時向親友致以謝意。願錦華通過「時間之梯」一步一步往前行，由眼淚中釋放，走出悲痛，做月曲了期待她做的事。

生命雖無法永存，而愛情與詩文卻是永恆。

在千島詩社為紀念月曲了而舉辦的座談會上，大多菲華詩人與文友都到場，異口同聲對他的文本與人本都極為讚賞。林忠民認為「自古文人相輕的趨向裏，這種現象誠是罕見。」大家對他的離去都惋惜不已，菲華詩壇又失去了一位善用意象意境，知性感性並存，樹立個人獨特風格的大詩人，文壇也缺了一位提攜後進及栽培青苗的關懷者。

菲華這一輩大多數的華文作家，已從飄洋過海，經歷滄桑的先僑，成為落地生根，在語言文化，生活習俗上，從容的融合於居留地。但是千山萬水仍隔不斷中華情懷，忘不了根從哪裏來，總是用方塊字，抒寫他們的愛戀、婚姻、工作、風土人情，生、老、病、死等感受，呈現菲華文學地域性的特色。而錦華是其中代表之一。期盼正如她在文章上所說「好好享受寫作」，繼續創作出更富特色的作品。

自序

我的寫作時空

我的父親來自福建，到菲律賓南方一個島嶼教書，我的母親是他的學生，一位中國、菲律賓、西班牙混血女。父親、叔叔、大哥都是以舊詩詞寫作的傳統詩人。記得小時候，父親時常邀他的詩友們到我們家飲酒猜拳，吟詩作對，我是在這種環境下成長的。想不到，中學時代又與一個寫現代詩的詩人——月曲了結識，他慫恿鼓勵我寫新詩，曾經用筆名「晚霞」寫了幾首詩，跟他參加「自由詩社」。我們在愛情道路上行走九年才找到「家」。

結婚後忙於家務放棄寫作，直到七十年代，為紀念父親、公公，寫了兩篇悼念文章發表於報刊。八十年代，菲國解除軍管，華報復刊，文藝團體開始活動，月曲了跟他的一些詩友創立「千島詩社」，常常參加文藝活動而奚落我，我便激發自己寫作，讓自己有「身份」可以跟他出入文壇。

當時接觸了臺灣新文學，我潛心寫作圓當作家夢。一九八七年以散文〈時間之梯〉獲母校菲律賓中正學院校友會散文獎散文比賽第二名，此文於一九九三年被列入喻大翔主編的《中華散文選篇賞析辭典》。一九八九年以散文〈大哥〉獲《海華文藝》散文獎比賽佳作獎。一九九〇年〈父債子還〉投臺北《中國時報》——愛的小故事專欄，同時被廣警調幅網「同心橋」電臺播出，且被《中央日報》轉載於精華版，繼又被錄入《海華文稿半月刊》，後被編入由焦桐主編的《愛的小故事（三）》。一九九三年，〈期待〉被收錄於《海外女作家散文集——美的感動》。徐迺翔在《二十世紀菲律賓華文文學——圖文志》如此評述：「〈期待〉寫的是一件小事，祇是主人公的一種心理活動，但經她娓娓道來，層層剝開，把一份愛與情，期待與希望，寫得讓人心靈震撼，你能說作家寫得瑣碎嗎？她是把心靈感受凝集筆尖，躍然紙上。」二〇〇六年，〈潤餅情懷〉被收錄於周芬娜主編的《旅・味》。

由於經常參加國外舉辦的文藝活動，月曲了便於二〇〇五年為我出版散文集《時間之梯》，讓我有「身份」與文友交流。二〇〇七年，為紀念我倆結識五十年，他把他的詩，我的散文，以書名《異夢同床》結集成書。

寫作三十年，開始是為了「夢想」，後來因有「抱負」而寫作，如今，對我來說，寫作是我晚年的一種「寄託」。

王錦華
二〇一一年

目次

003／序　聚散倆依依
——魂牽夢繞情難移　曲終人散長相思　陳若莉
008／自序　我的寫作時空
015／《異夢同床》發行會致謝詞
019／一句話
023／小店故事多
028／稱呼
032／讀素玲
036／佳作（一）
042／亞華菲分會二十年

044／理直氣壯
049／小店櫥窗
053／我也擁有五顆心
056／途中剪影
061／老么終於當爸爸了
067／發霉的記憶
071／千衣百服
077／寒舍
085／一次遠行一次情
090／再憶菲華小說家——林泥水
099／心酸
102／渴愛
105／當我們同在一起
108／街頭掠影
112／嫁入十九屆

117／寫陳若莉
120／小店雜碎
126／佳作（二）
132／童言：無忌
134／心情七十
139／甜的眼淚
142／又是一場夢魘
151／鏡內
174／你走後……——紀念「枕邊詩人」月曲了逝世百日
187／探索詩人月曲了的藝術星空

附錄

191／《異夢同床》的書外書裏　一　民
196／雙璧合一　九　華
198／文壇喜事　尤扶西

203／異夢同床　施文志
205／致月曲了王錦華賢伉儷信函　張香華
206／小店與出書　康琪妲
209／夫婦同行　翁淑理
212／賞析《異夢同床》　紫茗
214／美酒咖啡香　蔣陽輝
216／永遠之遠　蕉椰
218／講真話的文章　蕉椰
220／一加一等於壹　謝馨

《異夢同床》發行會致謝詞

主席、各位長輩、各位文藝界同仁、各位來賓，大家午安！

前兩個星期發送請帖給我們的好友——吳天霽，他看了好驚訝地問月曲了，怎麼沒聽說懷孕，卻突然一下子宣佈要生了。其實，結集這本《異夢同床》早在兩年前就有Family Planning了。

十一年前，也就是我們結婚三十週年的時候，兒女們就要替我們出一本兩合一的詩文集，可月曲了認為我應該先有一本屬於我個人的書，所以，兩年前，他為我出版《時間之梯》。

雖然，兩年前就有構想計劃，然，今年五月我們才動手開始整理。整理中，發現失落了一篇文章，承蒙林秀心文友熱心幫忙，從二〇〇五年到二〇〇六年的「作協」專欄報刊替我找出來，這本書才能很「完整」的結集，在這裏我特別向她致謝。

感謝陳雪紅女士與施騰輝先生為我們這本書打字編排，在短短兩個月的時間為我們趕工使這本書順利進行。

感謝于慶文與他公子Steven「馬不停蹄」地為我們加工，「催生」方式地於八月三十日深夜十一點五十五分，冒著風雨把書送到我們家，很有意義，這天正是我們相識五十週年紀念日，于慶文是商報故于長城的公子，他是月曲了表親王秋璇的先生，也是老么的乾爹。讓我為大家介紹一下，商報社長于慶文與總經理王秋璇夫婦。

在這裏，我要向大家報告，這本書的封面是月曲了經過多少試鏡，多少NG才定格的，他就是這樣一個對「美」非常計較的人。

今天下午，應該感謝「耕園」與「千島」為我們主持這個發行會。感謝小華與千島名譽社長江一涯的演講，謝謝他們的勉勵。小華用心費力地為我們編排一版很精美、很專業的特刊，為了這特刊，她還親身到報館監督校對，對工作的認真，文藝的付出，有目共賞。感謝蔡銘，這位「千島」新任的社長，本來八月底該赴大陸，為了今天的發行會，特別延期，他打了好幾個電話，關心我們籌備發行會的進度，還為我們「招兵買馬」，請詩友們來替我們加油。

感謝施老前輩穎洲先生，在他的專欄「隨思錄」介紹我們的《異夢同床》。

感謝我的幾位文壇姐妹伴——董君君、劉純真、幽蘭、杜瑞萍，他們一早就來幫忙負責招待。杜瑞萍這幾天一直跟我們聯絡，怕我們有所疏忽，三叮五嚀地提醒我們該做的事項，真是一位好姐姐。

感謝千島詩社諮詢委員尤扶西的演講，應該稱他為親家翁，他是老么的岳父，他編著的第二本《簡明漢英超拼音電碼詞典》剛出版。下午的發行會，因他而光芒四射。

感謝欣荷，接受我們的邀請擔任司儀，她嘹亮的聲音，風趣有深度的語言，把這個會帶動得充滿活力，多姿多彩。

感謝我們星期三讀書會的幾位同學——若莉、謝馨、王兆鏞、王自然夫婦，還有翁淑理。他們在特刊上，把我們寫得太美好了。今天還替我們準備桌上這盆花，使這個會洋溢浪漫的氣氛。王自然的「小店與出書」，廣告式的介紹我們「小店」，相信這篇文章會為我們招來更多的客戶。這筆廣告費我們會「記」在心裏。感謝康琪姐（王自然的筆名）為老大思汗的詩My Super Mom作翻譯。

感謝Pare施文志用心用情寫了一首〈異夢同床〉送我們。他對朋友很熱情，是位很難得的知交，這次出書，他很關照，時時給我們提供意見。

感謝等一下要為我們表演的范鳴英校長，黃珍玲主任，Mare小華。小華還特別替我們邀請幾位「喜歡歌唱」的朋友來合唱。他們有的是文友，有的是同學，謝謝他們賞臉。

感謝我們的女兒、兒子、媳婦、兒子的佳作——我們的小孫子，來跟我們分享慶祝。

感謝各位，或送花或登報祝賀。更要感謝在座的每一位，我們會把你們溫馨的祝福，永遠放在心裏，謝謝！

一句話

「錦華，活石斑魚湯是這樣煮的！」就是這句話「激發」我下功夫去學習，研究怎樣煮活石斑魚湯。

是三十幾年前的事，一件讓我刻骨銘心的往事……

住在香港的舅母因罹患子宮腫瘤，要來菲手術治療，而舅父是住在霧端市，婆婆就把他們安頓在我們家住。時外子跟我租了一間三房一廳的房子，位在婆家斜對面。

手術順利後，調養工作就落在我這甥媳身上。當時，對烹飪只是「一知半解」。在香港吃慣山珍海味的舅母，對食物當然很挑剔，我煮出來的菜餚很難打動她的胃口，她甚至表明比較喜歡外子燒的菜。

有次，婆婆買了一條活石斑魚來，她教傭人如何把它宰殺清理，然後簡略地向我講解烹煮的過程。我貿然地接下「重任」，煮下我在烹飪史上第一鍋活石斑魚……。起鍋、下油、放薑，我把魚輕輕放下，奄奄一息的魚被熱油燒痛突然在鍋裏亂跳。我緊張兮兮地趕緊拿鍋蓋把它蓋住，直到魚「靜息」，我便掀開鍋蓋。把魚翻身一下，魚皮因沾鍋而脫落，我隨即把火關掉，然後把魚取出放在一邊。煮開一鍋水，水一滾，馬上把煎好的魚丟進水裏，加鹽後以中火煮三十分鐘。

「大功告成」後喜孜孜地端給舅母喝，看她一副苦臉地對著碗裏的魚湯發楞，我的心跳開始加快……。舅母喝了一口湯，以沉重的語調問：「有沒有放薑？」我尷然回應：「有」。「好腥臊」，我啞然。「魚肉為什麼這麼爛碎？」她又問。像犯錯的孩子，我低聲回答：「煎的時候，因沾鍋……。」看她想嘔吐的表情，我趕忙倒了一杯水給她。舅母「勉強」地喝下魚湯，惟，魚肉整條留下，一口不沾。

過一會兒，看到鍋裏還一鍋魚湯，我便盛了一碗給老大喝，舅母走過看到，驚訝地問：「妳到底放了多少水呀！」我木然不應。

隔幾天，舅母的表妹探訪她，帶來一鍋石斑魚湯為舅母進補。她走後，舅母打開鍋蓋叫我看：「錦華，活石斑魚湯是這樣煮的。魚肉鮮美，湯頭甘醇。」我伸頭一看，翹著尾巴的石斑魚，浸泡在濃稠的白汁裏……。

事隔幾年，有次，我煮了一鍋石斑魚湯回娘家給母親，她邊喝邊讚，好好喝，是不是加了牛奶？饞嘴的母親，一下子把魚湯喝得光光，還把魚肉吃得盤底朝天。看到母親喜悅的表情，莫不為自己的「苦心努力」自豪。

前幾天，有位客戶打電話來，問我是否替人家煮白汁石斑為坐月子的進補？我笑著回答，我煮的是活石斑魚湯，不是白汁石斑，可能因湯頭濃稠，許多人誤解是加了牛奶。

讓我把十幾年來煮石斑魚湯「琢磨」出來的經驗與大家分享……。

我的活石斑魚都是由魚販親自送到家，當場宰殺處理，即刻烹煮的。

首先，把鐵鍋燒熱，等它冒煙立刻倒下少許麻油，再加薑片大蔥頭，搖動鍋子，使整個鍋子都沾到油，這樣魚皮才不能因沾鍋而被燒破，隨即把魚放下，以大火煎一下便把魚翻個身，直到血水不見方倒入適量的水，加鹽後以大火燜之，見眼睛突出即可。差不多十二至十五分鐘的時間，熄火後，灑下少許米酒。這樣煮法，魚肉不僅鮮美，且有彈性，而湯頭濃味稠醇。

外子兄弟姐妹九個，舅父從小對他特別寵愛，而我們妯娌間，舅母跟我特別有緣。一個多月同住在一屋簷下，就結下一段母女情。想起當年她抱病臥床，一直要我赴港見她最後一面，惟，時家母正病危住院，不能分身，此事至今一直讓我耿耿於懷……。

舅母已往生八年，雖然再沒有機會以此道湯孝敬她，然，我要告訴她，今天，我能以此道湯為動手術、坐月子的客戶「服務進補」。是她的一句話「激發」的。所以，每次下廚做此湯，對她，倍加思念！

二〇〇七年

小店故事多

九月二號，月曲了與我的新書《異夢同床》發行會中，司儀欣荷以她嘹亮的聲音在臺上唱著：「小店故事多，充滿喜和樂，若是你到小店來，收穫特別多。」她開口一唱，全場的來賓邊拍手邊跟著哼起來，把場面帶動得多輕鬆，氣氛充滿溫馨。這畫面一直盤旋在我腦海裏。昨天，在《聯合日報》的「耕園副刊」看到摯友董君君的〈情人、看刀〉一文，敘述她食店裏有關工人相戀的故事，遂使我執筆寫下「小店」幾段「愛」的小故事。

一個早上，在辦公室閱報時，員工敏尼道敲門走進，站在我面前抽抽噎噎的，我驚訝地問：「發生了什麼事？」他哽咽地說：「安妮懷孕了！」吐出心事後捂著臉像孩子似的大聲地哭。這是意料中的事，所以我低調的回應：「好事呀！就要當爸爸了，哭什麼？」他一臉稚氣回答：「我怕妳生氣。」我不禁失笑：「難道你不怕路易示（安妮的哥哥，也在「小店」打工）生氣揍你？」他木然。「什麼打算？」我又問。他擦乾眼淚說：「我的合約十二月屆滿，安妮打算辭職，我們一同回鄉待產。」

敏尼道才十八歲，還是個孩子就「幹」下這種事。他是「小店」契約工人，工作還不穩定。安妮大他六歲，已經做了四年，相貌平平，是個不會引起人注意的女孩，她恬靜寡言，這種事發生在她身上，讓人不敢置信。還好她是SSS（社會福利金）的會員，生孩子能獲政府補貼，只是，這段姐弟戀不知能維持多久？

這是「小店」第八宗「先搭車後補票」的事件，每次東窗事發，我就會把他們教訓一番。他們對人生的態度總是抱著「Bahala Na」（做了再說吧）的觀念。

六年來，「小店」當「愛」的橋樑，撮合八對夫妻。還有另三對因男生不「認帳」而告吹。其中兩個女生把孩子拿掉，若無其事的繼續工作，另一個叫美琪的卻回鄉把孩子生下，留給母親照顧。憐憫她的遭遇，我讓她回來做工。美琪回來工作後，還不到兩個月，又跟我們店裏的司機搭上，這司機已有妻小，看她這麼不自愛，對她很寒心。然，我還是叫經理轉達，有了「前車之鑑」，應該醒覺，不要再「失足」。還好，她接受我的「苦勸」，結束這段「禁愛」。

「小店」開始的時候，從山頂僱來六個女生，羅絲沓是其中一個，因她比較聰慧，性情坦率，我把她訓練當掌櫃，可以說是六個女工中最讓我信任器重的。芳齡二十的她，卻愛上在我家就任二十多年的司機，司機的大女兒跟她同齡，已婚生子。換句話說，司機可當她爸爸哩！有次瞥見他倆在廁所旁相擁，我把司機叫到辦公室痛斥一場，更警告他如果繼續下去將向他妻子告發。另一方面通知羅絲杳的姨媽（她在我四小叔家當幫傭）阻擋這段戀情，不然，就讓她回鄉。失戀的羅絲杳，魂不守舍，工作不專注，時時惹我責罵。此時男工羅拔乘機走入她空虛寂寞的心，不久，把她的肚子弄大了。臨盆前一個月，兩個人相偕回鄉。臨走之前，羅絲杳要求我僱用她的妹妹真妮。

妹妹真妮才十七歲，長得亭亭玉立，皮膚潔白，時帶笑臉，不是很美，卻蠻可愛，真逗人喜歡。因她性情溫柔，又懂得討好客戶，在「小店」裏她的人緣最好。一位三十多歲的「咱人」[1]對她蠻痴情，每天上班之前，都先來「小店」報到，每次都看到他們在店裏一隅交頭接耳，我看在眼裏，不好意思打發他，因他是顧客。真妮還年輕，我怕她上當，時時呵護監督，並警告她「千萬」不要單獨跟他出去，此人來歷不明，是不是單身漢……真怕真妮受騙。

[1] 中國人。

有次，在餐廳與外子用飯，仔細看著站在十尺之遠的真妮，忽然覺得有點不對，怎麼一下子真妮胸部更豐滿，腰粗肚大……。盤問之下，果真不錯，真妮懷孕了！「事主」不是那華人，而是我們大廈的電匠。店裏的男女工人都知道，只有我被蒙在鼓裏。輾轉聽到這電匠已有家眷，而真妮是他的第三個女人。真是枉費我對她的苦心。對此事，我抱著若無其事的態度，迫使真妮自己走入辦公室辭職，說要回鄉待產，問她電匠跟她一起走否？她搖搖頭，淚珠涔涔而下……。

她走後不久，那「咱人」來過好幾次，一直追問她的下落，得知真妮的遭遇，非常灰心，從此不再見他人影……。據說這咱人還是個單身漢，他是「真心」的在追求真妮，聽到這消息，不禁覺得對真妮歉疚……。

幾個月前的一個下午，跟外子在市場逛，突然聽到背後有人喊叫：「蔡太太！蔡太太！」轉頭一看，原來是陳先生，我們「小店」的常客。他箭步走近說：「蔡太太！行行好事，當我的「Tulay」（橋）」。看我以奇異的眼神看他，他繼續說著：「你們『小店』不是有一個叫瑪麗？她很美，我好喜歡，幫幫忙，替我轉達，我要娶她，我可以當她一家的『牆』，讓她終生倚靠……。」不像是在開玩笑吧？外子笑著問：「她對你有意思嗎？」他沒回應，只是聲聲句句拜託拜託的，看他這麼認真，我勉強應允，告訴他我會試試看（口是心非）。

向經理查問，知悉陳先生果真在追瑪麗，他住「小店」附近，所以每天都會來看瑪麗，還時常帶禮物送她。起初，麗瑪都收下，後來知道他的動機，便開始拒絕疏離他，甚至每當他進門，就躲到廚房裏不出來。

陳先生已五十多歲，跟妻子離婚，兒婚女嫁，孤伶伶一個人，想找個老伴，卻找到我們「小店」來。雖然說愛情不分年齡，總要兩情相願，叫我「說服」瑪麗，根本是「荒謬」的事，所以我一直淡然置之……。

前幾天，聽說陳先生到我們的分店去找瑪麗的妹妹絲拉（也在我們「小店」工作），要求她向她們的父母表白說情……。他是認真的，我告訴外子。

不錯，「小店」故事多，不僅充滿喜和樂，還有悲和苦……。

二〇〇七年

稱呼

小時候，大家都叫我Baby，那是我的乳名，長大成人，幫傭工人為表示對我的尊重，改稱叫我Ate（姐姐）Baby。

結婚後，人家都以Mrs.（太太）稱呼。一九七八年，外子跟他幾位朋友合夥做漢堡店，其中一位股東「規定」員工以Sir、Ma'am「尊稱」所有的股東，如此稱呼，「身份」無形中被提高，感覺很「好」。

後來漢堡店倒閉，轉途在「晨光」學校經營福利社，校警、校丁、老師，甚至學生，都稱呼我們夫婦Mr.（先生）Mrs.（太太）或Manong（哥哥）、Manang（姐姐）。同樣的被「尊稱」，但不知怎樣聽起來很不習慣，跟學生「打交道」不多久他們不期而然改稱叫我們Uncle、Auntie，聽起來很「悅耳」，感覺很溫馨親切，很有「味道」。

記得摯友劉純真曾經寫了一篇〈老太婆，看相！〉，寫她跟文友小華、林忠民、陳若莉夫婦一同遊三峽發生的一則「小插曲」，她敘述他們到赤壁翼江亭時，適有一看相師父在那裏擺攤子，看到她竟呼：「老太婆，看相！」，六十多歲的她，雖一頭白髮，穿著較「老氣」，但她身材挺直，行路輕快穩健，外子時常讚她很有年輕人的氣魄，要我向她學習。那天，為了「拒絕」老年，她「刻意」穿上向其妹借來的T恤、牛仔褲，卻遇人潑冷水，雖林忠民先生向她說「老太婆」仍「尊稱」，但她聽來「還是有點不是味道」。

此事勾我想起婆婆在世時，喜歡於星期日跟傭人到傳統市場逛，婆婆「出手」很慷慨，攤販看到她，都很有禮貌的「阿嬤」長「阿嬤」短地招呼。而有些攤販，看到婆婆對他們的「大方」，常常「乘機打劫」，把不新鮮甚至已爛掉的食物塞進婆婆的菜籃，回家後被小姑們發現，都會指責幫佣沒替婆婆看好，任攤販「欺侮」，特別是賣水果的華婦……。

為了「見識」這位沒商業道德的菓子攤販，為了替婆婆「討回公道」，有次，外子與我陪婆婆到菜市逛……。

我們的車子正好停泊在她店門口，她捷足上前替婆婆開車門，大聲呼叫「阿嬤，早安！」親切地攙扶婆婆走進她店裏，同時，很熱情向我們夫婦打招呼歡迎，「阿伯、阿姐，進來吧！我們的水果都是新運到的。」我很敏感地回頭看老公，「阿伯」的臉色突然變得好難看，他走近婆婆面前：「媽！隔壁那家的果子比較新鮮，」即時攬着婆婆離開，我偷看老闆娘的臉色，比外子更難看！

還有一次，外子與我，兒女們，婆婆與兩位小姑在一家餐廳打牙祭時，遇上外子的同學，也是我們「小店」的客戶。她看到我們，便走近打招呼，Auntie，你們也來呀！坐在一旁的小姑隨即附耳問，她怎麼會稱呼你Auntie，她看起來比妳還老呢？我莞爾，不知如何回答。

小姑也講了她的一段「遭遇」，她說有次到王彬街逛，經過在路旁賣水果的，向她大聲呼叫招買：「阿嬤，買水果吧！」還沒結婚的她，被她這樣一叫，心裏好不爽快，氣憤地回應：「Gago!」（傻瓜）。

女兒也插嘴，說她也有這種經驗。她說有次在辦公室，接到某地產公司的代言人打來的電話，開口就稱呼她「太太」，她聽得很「逆耳」，憤怒地把他教訓一番。

在「小店」裏，客戶稱呼我老闆娘、蔡太太、Mrs.、Auntie、阿姆、阿嬸、Ma'am……。總之，人家如何稱呼，是依你的年齡，身份，看你如何穿著打扮……。外子說他喜歡穿描籠大家樂，這樣的穿著，到任何地方，人家不僅會很尊重地稱呼「Sir」，還會很有禮貌地向他點頭打招呼，甚至行禮。

文壇上，文友都叫我錦華，也有人稱呼蔡太太，甚至因月曲了而稱月太太。偶而有人叫我Mrs，在這麼熟悉的圈子裏，如此被稱呼，聽起來好「生疏」。

二〇〇七年

讀素玲

認識林素玲，因為她是王勇的太太。那時，剛結婚不久，偶而會跟王勇參加一些文藝活動。一九九八年，她以路爾特斯筆名投〈五年成績單〉於《聯合日報》「耕園副刊」，因我當「耕園」的財政，要發稿費，不知作者真名，向編務負責人小華查問，才知道是林素玲。

一九九九年，素玲開始寫專欄。她在《商報》開「星荷菩提」專欄，並於二〇〇一年出版她的第一本書籍《隨緣自在》。這本書中的不少篇章都是她在《商報》「星荷菩提」專欄中所發表的。二〇〇二年又在《世界日報》開了「悅讀人間」專欄。並於同年出版《悅讀人間》。且看幾位學者詩人作家對她的評價：

臺灣著名詩人蓉子在序〈隨緣自在〉這樣寫著：「她是一位不折不扣的專欄作家，她常從身邊事物、感觸或小故事下筆，娓娓道來，親切感人。素玲是一位在菲律賓土生土長的華人，而她對中國的一切並不陌生，作為一位專欄作家需要知識廣博且必須有自己獨特的見解——這也是專欄作家必備的條件。」

中國著名書畫家、學者詩人、美術理論家洪惠鎮為《悅讀人間》寫序這樣寫著：「素玲為專欄作家，以她女性的細膩敏感，談文學、談藝術、談人生、談家庭、談教育、談家教、談哲學……都像對親友鄰里閒聊般懇切，她甚至縱論天下大事，從菲律賓到國際，從政治到經濟，從環保到反恐……儼然是一位時事評論員。」

臺灣十大詩人之一羅門在其〈溢流著佛性的文學情懷〉如此評介：「她建構『專欄』至為精短與精要的『迷你型』書寫空間，使情思活動盡量往高質與高見度的語境凝聚，而凸現『專欄』創作的『短而美』的奇特效果。在其中它無論是白描式的記事、狀物、抒情與表意，都大多是往精鍊與實事、實理、實心的思想終極點靠攏，使作品在簡約與壓縮中凝固成美的晶體。」

馬來西亞著名華文女作家朵拉筆下的素玲：「素玲的首篇文章〈在寫作中求菩提〉正好為她自己的佛學寫作作了一個註解。她擔心自己會成為『早上未開的蓮花，中午、晚上或將永遠不會開花』，所以『要趁現在，趁筆還未完全生鏽，思想還未遲鈍，就開始學習、開始修行、開始寫作。』她盼願自己『在菩提路上能夠早日看到星星在心中閃爍』，相信她是因為有這樣的一番醒覺，因此而成為一個佛學作家。」

素玲「在寫作中學會了在個群中凝望，或一句一偈，或一則新聞都夠引起她的思考，其目的並非在寫作本身，而是她個人在菩提路上的一種修行。」因此，她不斷吸收新知識，如書畫、珠算、圍棋、舞蹈、國樂。難怪她學識廣博，作品題材多元化。她的「小小善願」是願作品能給人製造一點點的歡喜、祥和、善良、美好、信心及希望。

素玲從小生活在佛化家庭中，中小學就讀於佛教能仁中學。畢業後自發地去寺院拜佛加入佛院弟子會，佛學班，也歸依了三寶。是佛光山菲分會會長，主持佛光山讀書會。時常參加慈濟義診活動，她吃素，是位虔誠的佛教徒。

今年三月，有幸被邀參加其主持的佛光山讀書會，素玲要我以拙作「一場驚夢」所述說的「大悲咒」的力量做見證與大家分享。在會中聆聽她講佛理、說佛法，甚為驚訝。僅僅幾年的時間，我所認識的一位嫻靜寡言的女人，現在一躍「講師」寶座，莫不為她肅然起敬！

如今，我認識的林素玲，是位擁有五顆心的一位幸福的女人。這五顆心——「愛心」、「快樂心」、「學習心」、「感恩心」、「惜福心」，是她有次參加佛光山舉辦的「佛光愛心園遊會」學到獲得的。她在其〈五顆心〉一文中特別拿出來與大家分享。

十年中間，素玲出了三本書——《隨緣自在》、《悅讀人間》、《星荷緣》，如今第四本書將問世，誰說菲華文學的前景不樂觀？在此我為素玲喝彩，祝福她圓了「小小善願」！

原載——林素玲的「心靈視窗」二〇〇八年

佳作（一）

讓我們期待兩年多才來「報到」的小孫子——佳作，一瞬間，已經三歲了。從襁褓到上學讀書，他的一舉一動，一言一語，都會讓我千講也不厭倦的小故事……。就如文友欣荷在〈搗蛋小仙女〉如此寫她孫女兒：「實在是愛她愛入骨髓裏，上看下看，左看右看，醒著看，睡了也看，看她千遍也不厭倦。」

去年年底，外子因大腸潰瘍住院兩個星期，病癒，體弱腳軟，爬樓梯時摔跤，眼眉下受傷縫了九針，佳作看到外子臉上掛彩，隨即問道：「阿公，Are You OK?」小小年紀，就有愛心，又懂得關懷，真令我們賞心悅目。

今年聖週，我們舉家跟兩位小姑到大雅臺渡假兩天，第一天晚上，佳作到他叔叔嬸房間玩，從窗玻璃上看到大樹搖晃的影子，大聲喊道：「怪物！」他叔叔正要向他解說，靈敏的他，隨即改口：「是棵大樹。」當時他嬸嬸正在沖洗，滿腦袋都是問號的佳作，突然問道：「阿叔，你愛阿嬸嗎？」小鬼精不僅知道誰應該愛誰，還懂得人與人之間的關係。有次我們一起坐車經過他叔叔家，我告訴他這是阿叔的家，他立刻發問：「與阿嬸？」更有一次，一家人在聊天，他無緣無故的向大家說，阿姑好可憐，沒有朋友。可能看慣我們一家都是雙雙對對的，而阿姑身邊沒有「人」。好厲害喲！

前星期日，我們全家到超級市場逛，大家各忙各的選購，把佳作交給外子看管。調皮好動的他，不受束縛，撇開阿公的手掌，到處亂跑亂跳，讓「老」阿公追得好辛苦，當阿公抓到他的手，氣怒之下，在他小手上拍了一拍，叫他不要亂跑。小頑皮知道惹阿公生氣了，自動伸出他的手讓阿公牽，還說著：「好吧！」如此動作，讓「冒火」的阿公不禁失笑。這小傢夥真會「妥協」，懂得「知難而退」。就像到大雅臺時，他站在斜坡上，看到一大廈的地下室，回頭告訴我們，那是停車場，三小姑故意作弄他，說那是倉庫，他大聲反擊，不，是停車場，沿路與三姑婆鬥氣。直到要上車，似乎知道敵不過三姑婆，低頭妥協地說：「好吧，是倉庫。」好一個「識時務」的孩子。

佳作兩歲半就上學進預備班，有的孩子初次上學都會生疏害怕，哭哭啼啼的，他卻是唱反調。上學時高高興興的，放學時既吵吵鬧鬧的不回家，他要逗留在學校玩。可能是在家裏孤單一個，沒玩伴，所以很「渴望」團體生活。有次到學校接他，因個子小，被比他高大的同學遮住，讓我們尋找好久才看到，只見他揮手喊道：「不要掛慮，我在這裏！」三歲的孩子，就會顧慮、安慰，真像他阿嬤！

在學校受教三個月，他不僅能認出英文二十六個字母，分析它的大小，還分辨出阿拉伯字到雙位數。在一次的大家庭聚會中，我「乘機」讓佳作「施展」他的才能，我掀開掛在牆上的日曆，指示他把數字辨認出來，他毫無失誤的一一讀出，讓大家叫讚。佳作真是我的「小驕傲」。如今他已會拼字，寫出他的名字。其實他父親比他捧，三歲那年，時菲律賓正在選舉，滿街牆上，電桿上都貼著印有競選者的照片與名字，跟他坐在馬車上，他沿路朗朗出口讀他們的名字，讓馬車伕讚佩不已。真是「有其父必有其子」。

從小就講英語、打家樂，進學校後，上漢文課，學了幾個漢字，看到電視上的華語節目，他指著說：「是Chinese。」女兒常常責怪我們不教孫子講「咱人話」。有次外子教他說：「我要吃了。」他跟著說，只是，他講「咱人話」的腔調竟然像老外講國語似，讓我們都笑起來。而他，也跟著大夥兒仰頭大笑。

佳作的記性很好，有次，我們坐車經過一家日本餐廳，他指著說：「我去過。」這家餐廳經常是我們全家聚會的地方，一來大家喜歡日本料理，二來它房間的榻榻米地板可讓好動的佳作自由活動。有次，用完飯，坐在地板上的老二伸出雙手，示意佳作把他拉起來，感性的小傢夥。牽著叔叔的手，脫口唱出：「Hawak kamay, di kita iiwan sa paglalakbay, sa mundong walang katiyakan......」（牽著手，我不會把你丟下，在這無常的世間旅遊中）。此流行歌曲，是菲律賓電視某連續劇的插曲，這小鬼才竟然會引用此歌來表達他的情意。如此機智、浪漫，是承襲他阿公的。

兒子媳婦「瘋狂」地替佳作收集Thomas & Friends的產品，讓他成為它的「收藏家」。什麼玩具、光碟、書籍、餐具、穿的、戴的，應有盡有。上個月我們舉家到香港旅行，除了到迪士尼樂園玩了大半天，其餘的時間他們一家都「浸泡」在玩具店。兒子還「揚言」年底要帶佳作到美國去參觀Thomas & Friends的工廠。我聽了不作響，心裏嘀咕著，兒子呀，你知道嗎？當你小時候，你爸爸每次買玩具給你，你阿公都會責罵他不可如此「寵溺」你。如今，時代不同，即使看到兒子家「每一角落」都堆滿玩具，心裏雖不爽快，但也只能以開玩笑的口吻向小孫子說：「Mikh Mikh呀！你們的家將成為玩具王國了。」外子知道我為此事一直「悶悶不樂」，安慰我說，兒子只是在「補償」他的童年，兒孫自有兒孫福，妳不必掛慮。

最近文友欣荷在報上寫了一篇文章——「原罪」，敘述他四歲的小孫子如何編故事，說謊話。我把這事件講給兒子媳婦聽，兒子聽了以沉重的聲音說：「媽！Mikh Mikh也會撒謊了，前天我在看電視，他拿了一包糖果叫我替他撕開，我告訴他要吃飯了，不可以吃糖果。他隨即回應，媽咪說可以。」兒子一直搖頭，媳婦在一旁插嘴：「我根本沒有說。」「你們有懲罰他嗎？」我急問。媳婦趕忙回答：「有，打了他的手，教導他不可撒謊。」媳婦畢業心理學，是教師出身，她管教佳作很嚴格。許多時候小孫子都要看她的眼色行事，佳作悟性很高，希望兒子媳婦能好好調教，開導他。

今天女兒過生日，請我們到餐廳慶祝，佳作看到我們喝咖啡，一直吵鬧著要喝，他爸說：「小孩子不宜喝咖啡，等你長大就可以喝，」他睜大眼睛，很天真地問：「咖啡與啤酒？」你看，他夠可愛嗎？

只是有一次，我把他擁在懷裏，吻著他說：「阿嬤好愛你。」沒想到他竟然回答：「外婆也是。」外子聽了不禁失笑，而我卻笑不出來，心裏頭被他弄得酸酸的……

其實，天下阿公阿嬤都是一樣的，講起孫子，就沒完沒了的。就像文友莊良有，每次見面，都會提起她那寶貝孫女兒，還聲言為了孫女兒，要自己「保重」，因為她要看到孫女兒成長，一直到升進大學……。文友楊美瓊每次到「小店」購買，都是「尋找」她孫子喜歡的。前天，向一位客戶探問有幾個孫子？她把我「抓住」不放，滔滔不絕地談起她的孫子……。

寫這篇文章，越寫越有趣，原來寫作是一種「享受」，特別是寫孫子。

二〇〇八年

亞華菲分會二十年

前年十月，「亞華菲分會」開會員大會，並選出第十屆新理事，直到今年二月才召集開會複選。在會中，莊杰森文友突然發問：「我們菲分會到底已經幾年了？」頓時大家瞠目相對，只見黃珍玲文友「馬上」打開她手上的資料，然後回應：「今天是第十屆理事複選，我們每兩年選舉，那麼……應該是二十年了！」瞬間，舉堂嘩然，感歎萬千，「亞華菲分會」在「不知不覺」中竟然已經二十年了！有人提議應該「熱鬧」地慶祝一下，有的認為出一版特刊做個紀念就可以了……。

一九八五年十二月，第二屆亞洲華文作家協會會議在岷尼拉舉行，我雖然不是代表，卻以月曲了（籌備委員之一）夫人身份參加迎賓晚會主人行列。一九八八年，第三屆會議在馬來西亞吉隆坡舉行，承蒙施穎洲老前輩「厚愛」，再次讓我以月曲了太太身份偕行。初次參加這種國際性的文藝活動，與亞洲各地區的代表會面，跟心儀的作家相識留照，對一個剛踏進文藝界的新人，的確難能可貴，在此我特別向施老前輩道謝，感謝他給我這個機會。

其實一九八五年，我就跟「亞華」結緣了，拙作〈軫懷〉被收錄於《亞華華文作家雜誌》，之後〈手提包〉也被轉載。

一九八九年，「亞華菲分會」舉辦海華文藝季菲華散文比賽，我的〈大哥〉一文僥倖獲得佳作獎。

二十年來，「亞華菲分會」，舉辦許多文藝活動，邀請好幾位學者、作家來菲舉行文藝講座。如今，菲華文藝景氣雖今非昔比，然，菲分會仍以二〇〇六、二〇〇七年相繼邀請學者劉再復、名作家余秋雨來菲舉行文學講座。在此，我要向菲分會幾位領導者敬禮乾杯。

今天，「亞華菲分會」二十年，雖然「低調」地慶祝，不大事鋪張，可在我們心中，對它的支持、熱愛，永遠是抱著「高度」的心懷。

二〇〇八年

理直氣壯

一個月前的一個早上，到我們仙範市的「小店」巡視時，剛坐下來向經理「問政」，外面突然傳來婦女喊叫聲：「老闆呢？叫他出來！」我追問經理發生什麼事？她說是對面的老華婦，要向我抗議，因剛才送雞蛋的貨車把她門前的屋簷撞壞了。「司機呢？」我問。「跑掉了。」經理回答。我急忙站起來走出門外，老華婦看到我就「理直氣壯」的責罵：「我已經忍不住了，自從你們來這裏開店，我的屋簷不知道給妳的客戶、送貨的，撞壞了多少次。最近剛換新的，又被撞壞了。」老華婦門前的屋簷低低的伸延到行人道，我拍拍她肩膀，輕聲道：「阿姆，真對不起，這幾年來給妳帶來的困擾，我會叫這看車的（正好站在旁邊），多注意一下。」她撥開我的手，更憤怒地說：「這老頭子呀，是個酒鬼，時常酗酒，喝醉了就在我門前大喊大叫。就是妳庇護他，才會這麼大膽亂來。」此時門前圍了許多看熱鬧的過路人，我正不知如何「解圍」，適時，外子走出來，拿了一張小紙條給老華婦：「這是那司機任職的公司的電話號碼，妳直接向他老闆抗議吧！」她接下紙條，狠狠看了我們一下，便掉頭回去。我警告那看車的，如果再酗酒搗亂，就不允許他在我們的「地盤」收停車費。

我們「小店」在這地區營業已八年，早上七點半開業，因附近有三家學校，許多家長送兒女到學校後，就上門「報到」。大街小巷成了停車場，至使交通混亂，害得左鄰右舍出入不方便。他們曾經連署向描籠涯提告。描籠涯負責人「指示」我們僱人維持交通。這看車的本來是個拾荒者，每天帶著他的推車路過，當天如果垃圾車沒按時來收集我們的垃圾，我就拿一百塊錢叫他把垃圾帶走。後來他把這工作放棄，改途當看車的，客戶「隨意」給小費，每日可收入兩百多塊錢。我便「託」他替我們維持交通，偶而施食給錢。晚上，「小店」打烊，他就喝起酒來，喝醉了就亂叫亂罵，引起鄰居不滿。雖然屢次被描籠涯抓走關起來，卻仍無法阻擋他在我們門前「幹活」。

前兩個星期，左舍的C先生「登門」打小報告，說最近接踵發生兩宗自來水錶被偷竊的案件，言中示意是那看車所為，所以他約了幾位鄰居及描籠涯負責人開會，討論有關交通及治安問題。

開會結果，決定在J街與I街轉角設立一前哨站，由描籠涯派人在那裏站崗，經費由出席開會的（連我們夫婦一共僅五個人）捐款。描籠涯首領便宣佈以後我們這條J

街將開始收停車費，他會派人負責收錢。

事隔兩天，當我們到「小店」時，很驚訝的發現我們門前冷冷清清的，只見一穿著描籠涯制服的男生，手裏拿著收據簿子站在我們門前，那看車的捷足替我開車門，並指向門邊一電線桿，掛著一招牌「停車收費——卅元」。一踏入門口，員工隨即報告，客戶都被這招牌「嚇跑」了。

連續三天，「小店」生意一落千丈，我的血壓、血糖卻一直飆升……。

第四天，上「小店」之前，我們令司機把車子駛向隔我們「小店」兩條街的描籠涯辦事處，一進門，兩位負責人迎面招待，並拿椅子讓我們坐下。一坐下，我就「理直氣壯」的指責，我們門前的行人道「寬大的可以停泊車輛」，是我們的地盤，怎麼你們「蓄意」把那「停車收費」的招牌掛在我們門邊的那一電桿，害得我們的客戶都跑掉了！外子追問，那天開會不是說整條J街都要收停車費，怎麼從街頭到街尾只見我們門前那一塊招牌？而收錢的只有一個且整日就站在我們門前？負責人啞然，看我這「好好先生」也動怒了，我更「氣壯」嗆聲：「很明顯的，你們是『針對』我們『小店』，這太不公平吧！」負責人看到我氣得臉紅耳赤，在我肩上拍拍：「Ma'am，請息怒，我們『馬上』派人把它拿下。」在這地區幹活八年，我們一向「奉公守法」，描籠涯有什麼活動，我們都不會落人後的支持合作。

果真不食言，剛到「小店」，描籠涯負責人派人坐摩托車跟後，當場把那招牌移到對面的電桿，隔了一個星期，那收錢的也悄悄離開，「小店」門前又恢復車水馬龍……。看車的「老頭子」又在我們地區活躍的指揮交通收停車費。（任君隨意）

此事讓我有一種「不是味道」的感覺，本想與鄰居理論，然，經過三思，為了自己的「好處」而造成別人的困擾，的確是我們的不是。以後，只有叫看車子的好好指揮交通，更警惕他不要再酗酒。

*

二十多年前的一個早上，我們跟婆婆到一家麵食店用早餐，用完後，就一起走到櫃檯付錢。我拿出一張印有三個人頭的紙幣給掌櫃的，她接下錢，「謹慎」的前看後瞧，「仔細」的左摸右觸，「精密」的把它拿在燈下反覆照視，如此舉動，雖讓我看得很不順眼，但她的「認真」卻讓我暗地裏佩服。精細檢驗確定後才把它放進抽屜找錢給我。拿到找錢，我們舉家一起走出，過馬路要上車時，突然聽到有人喊叫：「Ma'am，等一等！」他上前說掌櫃的要我回去一下，因她發現我付給她的錢是贋幣。我「怒髮衝冠」飛也似的回食店，到了櫃檯，禁不住的拍了一下桌子，食堂吵鬧的聲音突然一片靜寂，在眾目睽睽之下，我大聲責罵掌櫃的，「剛才妳不是檢驗得很『透徹』才找錢給我？怎麼我們離開後，且要上車了，還把我們叫回來，說我們付的錢是贋幣？叫經理出來！」經理隨即露面，外子向他理論，便拿出名片給他：「你們老闆認識我們的。」他接下名片，連聲道歉，並令掌櫃的向我們賠不是。走出食店，我偷窺婆婆的臉色，有沒有被這個兇巴巴的媳婦嚇壞了？看到婆婆抬頭挺身走出，從她的眼神，可感受到她為我的「理直氣壯」而引以為傲。

隔日，麵食店的老闆跟他太太親自到我們家裏道歉……

二〇〇八年

小店櫥窗

請問老闆娘

那天，外子跟我正在辦公室休息，員工敲門說有兩位客戶有事要「請問」我。我趕緊出門接見，是兩位七十多歲的華婦，一見到我，就笑瞇瞇地問：「請問老闆娘，妳到底是『大陸婆』還是『臺灣婆』？我倆正在打賭……。」看她倆像孩子似天真的發問，我不禁失笑，嫣然回答：「我是『番仔婆』。」只見她倆熊抱大笑，笑得好燦爛。

其實，我的身份時常被客戶「誤解」，摯友劉純真說可能是因為我常常穿著唐裝，讓人家有一種「中國」的感覺。董君君摯友在我的《時間之梯》序上，就這樣寫著：「很中國的錦華」。

*

「老闆娘，請問一下，（客戶指著陳列的菜餚）這些都是妳煮的嗎？」我坦然回答：「不是全部，因我們的菜餚時常要『變』，所以大部份是我們夫婦親自下廚。」她接著說：「我就是聽妳工人說，妳們夫婦每天一大早就起來為『小店』做羹湯，但我的朋友卻不相信，她說老闆娘每天打扮得漂漂亮亮的，那有可能親自出手？」忘記告訴她，我連上菜市都穿著絲襪子哩！

*

「請問，妳是老闆娘嗎？」一位中年菲律賓人板著臉岸然發問。我釋然點頭。「我很生氣。」他直言語重的說。我急問：「為什麼？」「讀」出我臉上的問號，他隨即「改容變色」的說：「每次到這裏，我帶來的錢總得花光光，妳的員工真會招買，介紹這，推薦那的，很難抗拒……。」說完在我肩上拍拍，並豎起拇指：「好！」我喜歡這裏，包羅萬象！

翻檢昨日

客戶說，王彬街的小吃，你們「小店」都應有盡有，只是沒有「灌腸」。客戶的要求，只要做得到，我總是令他們「如願以償」。

於是我把「收藏」四十多年的「灌腸」自記憶中翻撿回來……

我令傭人從抽屜裏找出做灌腸的「武器」，一個特別訂製的漏斗，便向肉販訂購五花肉、小腸。帶著興奮的心情，重回做灌腸的日子……。

當我開始向傭人示範做灌腸的過程，淚水突然奪眶而出，此景此情讓我想起……

結婚第二年，外子工作的公司突然倒垮，失業的他，暫時充「遊民」做些買賣事業。雖「住公吃婆」，但我也得找事補貼家費，因為我們已有了老大。

利用從烹飪學校學來的廚藝，「大膽」的在家裏開班招生，教導烹飪，同時做些加工食品售賣，灌腸就是其中之一。

做灌腸過程繁雜，耗力費時。當年，從上菜市，處理切、灌、綁、蒸，到招買、送貨，都是我「獨當一面」經營。如今，有肉販送貨，群傭做事，「小店」為市場……。同樣的做灌腸，卻有兩種的心情。昔日，心情苦酸、空虛、茫然。今日，心情開朗、充實、傲然。就如黃碧端女士在她的〈逝日篇〉這樣寫著：「所有照耀過的星光都未曾告別，它們在無數光年外仍然存在。所有的時日也因而未曾告別。它們是去年的落花幻作春泥，是昨日的霜雪今朝重身成為雨露……生活原是一種不斷地經驗失落，不斷地重新填充的過程。」

因為是引叔（Intsik Kasi E）

經理報告，店裏又發生偷竊案，一星期裏連續被偷兩匣子Fern C。我蹙眉詰問，怎樣發生的？經理叫店員尼道向我述情。尼道說第一次失竊，他不知情；第二次，他可親眼看到。他說那天，一位老婦女買了幾件食品，付錢後，還在店裏踱來踱去，不一會兒，他看見那老婦自櫃架上拿了一匣Fern C塞入膠袋，匆忙走出。我責怪尼道為什麼沒有當場把她抓住，他支支吾吾回應：「因為她是『引叔』（菲人對華人的稱呼）呀！」

我錯愕了一下，然後說：「引叔也要抓！」

二〇〇九年

我也擁有五顆心

大家好，今天慈濟舉辦社區教育班同步圓緣，主辦單位要我在這裏講幾句參加此次活動的心得跟大家分享，不過，只讓我講三分鐘。那麼，我就長話短說了。首先，我要感謝小華師姐（她是我的公媽例[2]、也是同學、文友），是她邀我參加這次的烹飪班。也要向諸位為這烹飪班服務的師兄師姐們致謝，你們辛苦了！更要向幾位烹飪老師致敬，你們用心講解示範，讓我受益不淺。你們的付出讓我好感動。

短短六次相聚一堂，除了學到素食廚藝，環保知識，更快樂的是跟舊識新知一起切磋學習，共同動手工作。休息時間，大家圍在一起談天說地，培養感情。下課前，大家

[2] 「公爸例」、「爸例」、「公媽例」和「媽例」是菲律賓「大家樂語」Kumpare、Pare 和 Kumare、Mare 的音譯，Pare 是Kumpare 的簡稱；Mare 是 Kumare 的簡稱。菲律賓是天主教國家，新生兒大約在一周歲時都會到天主教堂洗禮，洗禮時都會為新生兒找一對至數對男、女（或夫婦）作為教父。這樣，在新生兒的父母與新生兒的教父、母之間，他們都以 Kumpare（Pare）（男性）和 Kumare（Mare）互相稱呼。

手牽手，以手語唱出充滿感情的道別歌曲。

雖然這不是我第一次參加慈濟的活動，這次參加烹飪班，更讓我身歷感受到慈濟人奉獻的精神。師兄師姐們熱情的招呼，誠懇的服務，實在令人欽佩。在這裏，我要向大家報告，我們菲律賓中正學院第二十屆就有好幾位是慈濟人，他們是陳瓊華（小華）、陳惠娥（阿娥）、李愛華、施麗英、劉秀治、吳秀霞、鄭美緻、吳天送。同學們！我好羨慕你們能夠在退休年齡中走入「慈濟」修福修慧，成為上人的好弟子。

跟小正師姐早就認識，但這次才有機會跟她深入交談。她知道我開設小食店，除了向我提供意見，還很誠意的留下她的電話號碼，叫我有問題隨時跟她聯絡，充分的表現出她的關懷及愛心。還有，香積組的秀秀師姐，她熱情的招待，跟她初次相識，卻一見如故，互談家常，似有相識恨晚的感覺。

掌廚三十多年，認識我的都知道我是「大眾煮婦」，因此第一天上課，她們都很驚訝地問，妳還需要來學嗎？，然，「學無止境」，對我來說，素食是另一門學問，所以，今天拿到了素食烹飪班的「文憑」（如果有的話），我會「學以致用」的在我開設的「小店」推薦，才不會辜負老師們的「苦心」。

文友林素玲女士（她是佛光山菲分會前會長），因參加佛光山舉辦的一個活動，獲得了五顆心。參加這次烹飪班後，我發現我也跟她一樣擁有這五顆心──「愛心」、「快樂心」、「學習心」、「感恩心」、「惜福心」。謹此獻給大家分享。

三分鐘並不夠我說出心裏的感動與感恩，「道別」太深重，但天下那有不散的筵席，說聲「再見」吧！後會有期，就此祝大家身體健康！

二〇〇九年

途中剪影

參加菲華作家訪問臺灣之旅回來已兩個多星期，回來後文友陳若莉、莊杰森、黃珍玲、張靈、洪仁玉都在報上連續報導此次旅程的活動及刊出紀念照片。且楊宗翰教授也隨即在《文訊》雜誌於六月份刊載兩篇座談會紀實。後由陳瓊華主編在「耕園」園地轉載。菲華文壇頓時熱鬧一番。今天，接到團長范鳴英、秘書長陳若莉的電話，說此次訪問團將出特刊做紀念，希望團員們都能參與，寫出對此旅程的感受。一聲「遵命」便開始伏案爬格，也跟大家湊湊熱鬧一下。

這次旅程，我有很多的感觸……

最讓我激動的是第二天到忠孝東路拜會聯合報副刊，在參觀好幾座書架中，「喜見」由焦桐主編的《愛的小故事第三輯》，這本書收集我的〈父債子還〉，是一九九〇年發表於《中國時報》「人間副刊」，後轉載於《中央日報》的「精華」，《海華文摘半月刊》。這是我第一次向國外投稿，被肯定的喜悅鼓動我以後對寫作的衝動。然，真可惜，我沒有像陳瓊華及黃珍玲，到秀威圖書公司時，在書架上發現到《新世經海外華文女性……文學作品精選》（書中有她倆及施純青的作品），快速地把握那美麗寶貴的時刻，把書拿在手上，站在書架前面留照。沒有在瞬間把這喜悅與驕傲「停格」下來做永恆的紀念，是我激動中的遺憾。

另一個遺憾是沒有跟文友陳文進見面。幾年前他因中風返臺灣治療休養，就沒跟他聯絡過。這次，我們幾位團員本來約好要去看他，沒料他住院不方便見客……。

最讓我感動的是年登耄耋的兩位名譽團長林忠民先生及吳新鈿博士與夫人林秀心，他們三位雖然都拄著柺杖行路，卻精神抖擻的在座談會上出場發言。吳博士報告「作協」自成立後，舉辦過好多相關交流的活動。林女士述說編務的經驗，喻她如「巧婦難為無米之炊」的感受。好久沒有聽到林老先生在菲華文壇「高談」，那天在東吳大學舉行的「臺菲兩地文學交流回顧」座談會上，他「突然」的拿起麥克風，以感慨的語氣說：「回顧是最愉快的事情，尤其在年華老去時，回顧便是最後的安慰。」這是多麼感性的一句話呀！

十九日拜會《文訊》時，封總編輯將二十多年前由李瑞騰主編在《文訊》出版一期〈菲律賓華文文學特輯〉找出來供大家傳閱，當那本《文訊》落在劉純真手上，只見她對著林泥水大哥的照片發愣，眼眶紅紅的……。談到菲華小說，一定會提到林泥水先生。

洪仁玉在「臺菲兩地作家相見歡」會上感激臺灣詩人對平凡的厚愛與思念的一番話，讓我們好感動。

二十日參加華僑聯合救國總會晚宴後（中央評審吳民民還特地從菲律賓到臺灣接待），我們幾位團友並「趕場」到士林一家卡拉ＯＫ，去赴文友施清萍與劉秀蘭伉儷為我們準備的宴會。久別不見，大家見到他們，都激情握手擁抱。記得他倆離菲前，曾經到我們「小店」品茗小敘，當時他倆因病纏身，精神欠佳，臉色蒼白。如今，經過一段時間的治療調養，夫婦又恢復昔日的風采健康，讓我們很欣慰。我們無拘束的儘量吃、儘情唱。臨走之前，施先生把他的枴杖擱在一旁，牽著秀蘭的手，為我們表演一支「探戈」。夫婦在舞池翩翩起舞，舞姿柔美，隨著音樂的旋律，他倆很投入的回到從前……。

最欣賞名女詩人謝馨。陶瓷家莊良有聽到團友們敘述她在座談會卓越的表現，批她是這次訪問團最「亮」的。

謝馨在東吳大學座談會上，以她標準的國語，嘹亮的聲音，詩人的氣魄，朗誦她兩首詩——「混血兒」、「王彬街」來表達「交流」為主題的座談會。她的開場白就「緊扣人心」，讓大家很專注的聽，她說：「這場的主題是交流，因此我得選些有特色、別緻的東西來呈現給大家，這樣才比較新鮮……。」

那天在僑委會副委員許振榮的歡迎會上，同桌的馬臺珠專員一直讚美林忠民夫婦，仰慕林老先生很帥，夫婦郎才女貌，是金童玉女……馬女士口口不絕的讚語，讓謝馨吃完了第三碗山藥補湯後，禁不住站起來高唱「若莉！若莉！我愛妳！」

還有，那天在詩人方明寓所（一群詩人聚會處）跟幾位詩人敘談，詩人們熱情的招待，讓謝馨感動的獻唱「讀你」來表達她心中的謝意，很喜歡聽她唱歌，她唱歌很投入，渾然忘我，讓人陶醉。

朗誦的謝馨很深入，唱歌的謝馨有境界。

這次最令人「注目」的是莊杰森，他年青有為，每場座談會都有高見，手上的手提電腦是他的「秘密武器」，讓他把全程的活動輸入，回菲後，在報刊上做詳細的報導。他在作家許少滄發行「菲律賓・華文風」書系儀式中，「呼籲華校提倡閱讀風氣，使華文風昇華至瘋華文境界」。

菲華作家訪問臺灣團，在新任僑務委員范鳴英團長率領下，終於「成功」回來。范團長之前曾帶領「校聯」到臺灣訪問，她領導有方，經驗豐富，這次訪問團由她帶領，駕輕就熟。座談會上每次演講，她都能「切題」表達。那天在僑務委員陳紫霞為我們接風洗塵的宴會上，范團長說，這次訪問團創下三個第一——第一次菲華文壇七個團體組團到臺灣訪問；第一次菲華作家——許少滄在臺灣舉行發行會；第一次菲華作家在臺灣參加發行會。她期望臺菲兩地以後有更多的往來與交流……。

說到文學交流，早在八十年代，耕園文藝社故社長王國棟先生就組團到臺灣做訪問。當時團員有陳瓊華、林泉夫婦、陳默、亞藍、黃珍玲、許露麟……等。是「空前」創舉，在菲華文史上，是「不可抹煞」的。

二〇〇九年

老么終於當爸爸了

一向被親友認為是「Mama's boy」的老么，終於當爸爸了。三十四歲才結婚的他，經過兩年多「癡癡的等」，終於「如願以償」於六月十一日獲得一男孩。那天看他從產房出來（醫生讓他進入產房拍攝媳婦生產的過程），看他眉飛色舞的神采，走路飄飄然的，似乎要向全世界的人高喊：「我當爸爸了！」而我這當「第二度」阿嬤的，莫不「心花怒放」！

拿著照相機，我們一齊走進病房，老么把Memory card插進電腦，媳婦生產的過程一幕幕的播出……。送她進產房時，我為她加油，叫她勇敢不要怕，將要當媽媽了！螢幕上的媳婦，果然表現得很勇敢。不像我，生老大時，要進入產房，一直高嚷大哭，叫著媽媽（婆婆），牽著她的手不放。婆婆看著不捨，要求接生婆讓她進產房陪我……。當螢幕出現小孩子的「近照」，外子、女兒，跟我都齊聲喊道：「太像你了！」只見老么露出驕傲的微笑。最後一張是媳婦抱著小孩子跟老么的合照，兒子、媳婦笑得好燦爛，多麼珍貴的一張照片……。關掉電腦，老么感歎，生孩子多辛苦，醫生還叫我把手放在貝琳（媳婦）肚子上，幫她催生。

九點多，親家公、親家母從馬拉汶趕來，媳婦仍在產房，老么很神氣的打開電腦讓岳父岳母大人看，當親家母看到小孫子，失聲喊叫：「真像Martni（老么），憨憨的！」老么高頭大馬，身子胖胖，臉圓圓，的確一副憨相，然，憨是憨，卻娶個賢慧漂亮的妻子。

兒、媳替他們兒子取名Mackenjie Bryant，我們簡稱「Mac Mac」，我一直催外子替小孫子取個中文名，他說不急，讓他慢慢想。「靈感」還沒到吧！

老么與媳婦結婚一年後，喜訊仍「遙遙無期」，生孩子的「渴望」寫在他倆臉上。精神受壓力，打擊。所以他倆避免探望剛生產的親友，也拒絕參加親友為他們兒女舉辦的生日派對，我一直安慰他倆不要急，一切順其自然。為了「搬走」他倆心頭上的「石頭」，我帶他們去請教那曾經為老大夫婦門診的醫生，而親家母也「傳」來「秘方」讓我為媳婦煎煮，精通中藥的姻叔也開了補藥給他倆服用。媳婦為了「傳宗接代」，四處求醫問藥，忍受苦藥、針灸……。

媳婦結婚後，仍然在她父親的公司任職，每天朝八晚六自己開車從家居計順市到描仁瑞拉上班，由於塞車，來去都要耗一個多鐘頭，甚為疲累。而老么工作也很繁忙，時常要到山頂州府、國外奔跑，夫婦生活過得很緊張。醫生勸他倆要放鬆壓力，才容易受孕。於是我令司機接送媳婦上下班，更建議他倆利用週末到郊外或大酒店過夜「渡蜜月」，甚至「鼓勵」媳婦利用老么到國外時跟隨一起去。

終於，媳婦決定辭掉娘家優厚待遇的工作，來「小店」幫忙掌理帳務。這樣一來，夫婦工作的地方都離他們家很近，每天同出同入，星期六不必上班，生活就比較「休閒」了。

去年中旬的一個早上，我打電話到「小店」找媳婦，員工說老么接她回家，而媳婦似乎哭過……趕忙打手機問老么，他聲音沉重的說是因「月事」來報到，讓她失望哭泣……。

打電話向親家母訴情，她說：「是這樣的，我曾經在我家佛壇為我媳婦、第五女兒，還有貝琳跟她孿生姐姐許願求子，佛祖很靈驗，我媳婦跟貝琳的孿生姐姐都相繼生了男孩，而第五女兒也懷孕了，且經掃瞄也是男的。貝琳可能受打擊才會這麼難過傷心。」親家母滔滔不絕的講了，然後問，他倆不是要到美國旅遊渡假？我說是呀！她又接上，我告訴過他們，美國回來一定有喜訊的！

而我，看到媳婦時常悶悶不樂，便到佛寺問佛抽籤，問問媳婦何時會有喜？觀音菩薩「賜」我一支上籤，籤上如此解說：

六甲　生男
求子　尾有

好靈驗的一支籤！

每年亡人節，我們全家都會到華藏寺拜祖先。去年，燒香後，老么說他要跟媳婦到華僑義山拜她祖父母，因塞車又難找到停車位，他們要步行過去，我說太陽這麼炎熱，帶把傘吧！女兒卻在旁一直阻擋，且堅持的叫他們不要去。我好氣的向女兒輕聲說，我這做婆婆的都應允了，妳這當大姑的怎麼管得太過份？女兒語塞……。

隔幾天，老么來報喜，說媳婦有了。原來十月底就知道有身孕，因要謹慎求證，沒隨即「宣佈」。倒是女兒早已知情，難怪那天她一直阻擋他倆，怕媳婦疲累動胎氣。

老么說：「媽！我們的孩子不是Made in USA，是美國回來才有的。」有了喜的媳婦，容光煥發，時帶笑容。有一天，她說：「媽！我的孿生姐姐懷孕期間，她婆婆常常燉牛肉給她喝，孩子生出來，又健康又好養。」我當然明白她的意思，除了燉牛肉，時也煮石斑魚讓她母子進補保養。外子跟我也利用下午時間逛市場時替她買了幾件孕婦裝。而媳婦卻叫我們以後不要再買，因她弟婦跟她兩個姐姐穿過的，包括嬰兒用品，都轉送給她。還有——大孫子佳作用過的小床及嬰兒車……。換句話說，嬰兒用品，應有盡有。

小孫子從醫院抱回家，因仍僱不到保母，讓初為人母的媳婦手忙腳亂，幸虧有老么當幫手，且親家母自願提出要替小孫子洗澡，讓媳婦比較輕鬆一點。親家母說她的內外孫都是她親自出馬為他們「洗禮」，而我們的小Mac已經是她的第十八個孫子。親家母帶過九個兒女，如今又照顧十八個孫子，好能幹。

小孫子滿月那天，外子跟我一早到老么家送紅包。中午正與一些文友團聚打牙祭，老么打手機來：「媽！剛才妳跟爸都穿白色裝，晚上要來我們家時，可不可以換較『紅』色的，」老么何時變得這麼「忌諱」？電話剛掛斷，坐在我旁邊的媽例范鳴英校長，聽到誼孫滿月，說晚上要到老么家看誼孫。我告訴她不必行這種「禮節」，所以沒有把老么的地址寫給她。老么親自下廚煮意大利麵，買了肯德基炸雞請我們。而我也自家裏燉了一鍋四物雞湯。舉家正「圍爐」用飯，門鈴響，開門時，竟然是爸例呈鐵與媽例嗚英，媽例說她跑到「小店」問老么的地址，夫婦特地來送「紅包」，像一家人跟我們擠在一小桌子為小孫子慶祝滿月。雖然是粗茶淡飯，卻是一頓滿溫馨的晚餐。

當了爸爸的老么，不再是Mama's Boy，他不僅會泡牛奶，餵牛奶，還會替兒子洗澡，親友們看到他抱孩子的姿勢，換尿布的動作，都讚他很會帶孩子，是個典型的父親，真像他爸。

二〇〇九年

發霉的記憶

自從持有Senior Citizen身份證，與親友聚集聊天，除了分享出國旅遊所見所聞，含飴弄孫的趣事，最「熱門」的話題是養生之道。到了這把年紀，幾乎大家都有「毛病」，不是高血壓、高血糖、腰痠背痛，就是腎衰肝疾、心臟病、健忘症、免疫力失調……。

看多、聽多，外子跟我開始「注意」保健。三年前，當「雪蓮」在口耳相傳之下盛行，我們也跟著「潮流」食用，沒料幾個月後，居然「發福」十幾磅，膝蓋突然痠痛，行路難，爬梯更難。掛骨科醫生門診，他說是因身體過重，膝蓋無力支撐，令我減肥消瘦，更建議做復健治療。治療期間，看到跟我「同班」的幾位「老同學」，動作那麼無奈、無能、無力……不禁心虛膽怯。外子怕我心情消沉，辭掉復健治療，跟我一齊到健身社報名。那裏，同學們都是強壯有魄力的青年。環境、氣氛讓我們身心愉快、輕鬆。

感覺上，自己年輕多了。

除了運動，對飲食也格外慎重料理，而我們「小店」也跟著「時尚」售賣保健補品，每每新產品上架，都很搶眼熱賣，可見現代人對保健多「敏感」。

其實，早在五十年代，我就「眼睜睜」看著母親咀嚼「九龍蟲」。當時，幾乎家家戶戶都養殖它「當」補品食用。繼後，尿療盛行……。如今，雪蓮、Noni、Xango、Goji、小麥草、牛蒡、山藥、黃金蜆……接踵「登場」，街頭巷尾都隨時可買到。

最近，英國出產的Mornflakes燕麥在我們「小店」推銷售賣，由於它的品質似乳酪，吃下很爽口，頗受歡迎。外子看到客戶們那麼踴躍購買，又聽親友們說他們每天都吃燕麥，本來就不喜歡吃燕麥的他，居然「規定」每天以此為主食。

就因這樣，讓我近日以來，特別懷念父親……。

我們兄弟姐妹是吃父親親手下廚做的燕麥長大的，那時候還沒有「即溶」燕麥。每天清晨，父親就在廚房裏，把鍋瓢勺弄得一片叮噹聲，他煮了一大鍋燕麥，還隨我們各人的「喜好」為我們加奶、下蛋、添巧克力，然後盛在各人的杯子裏，「強迫」我們喝下，怕我們空腹上學。每天早上，父親攪打雞蛋的聲音，如音樂的節奏把我們喚醒。他往生的頭七，廚房裏依然聽到父親為我們煮燕麥的聲音……。

父親不止為我們預備早餐，還為我們安排放學回家後的點心，如三合麵、豬血麵線……。

有次，放學回家，剛踏進大門，就聞到「另一種香味」，捷足走進廚房，原來父親正在研究一種新食品，他把白色麵線放在漏瓢，以此為模型，然後放進熱油炸，定型炸成一團，盛在碗裏，加配料、香油，沖上熱水，「即食」麵線就這樣一碗碗的讓我們分嘗。五十年代，未曾看到即食湯麵線上市，父親不知從哪裏學來的，但在我們「記憶」中，是他「發明」的。

父親把它一再加工改良，確定可以「面世」了，便著手「進軍」包裝生意。由母親撐「炸」，父親做配料，兄弟姐妹分工合作把炸好的麵線放進玻璃紙袋。配料、香油也分別裝入小玻璃紙袋，然後裝入紙箱裏，由大哥到山頂州府推銷招買。家裏頓然熱鬧一番。直到有一天，送出去的即食麵線一批批被退回……。

父親因沒放防腐劑，炸麵線經不起「時間」的考驗，發霉起餿味而被退回。「退貨」被扔入垃圾桶，父親欲哭無淚的表情，至今仍「停格」在我的記憶裏。

即食泡麵不知什麼時候開始上市。由於它方便易處理，頗受歡迎採購。除了泡麵，還有米粉、冬粉，且有麵線。當我第一次看到即食麵線在市面上售賣，我趕忙買下幾包分送兄弟姐妹分嘗。只是——都沒有「父親的味道」……。

父親往生已四十年，發霉的麵線，已經扔掉。時間不必「防腐劑」，往事卻依然歷歷在目……。

二〇〇九年

千衣百服

六十多年前，我一絲不掛的來到這多姿多彩的世界。護士為我沖洗後，替我秤體重量身長，然後幫我穿上生命中的第一件衣服——嬰兒裝。那時候的尿巾，料子都是取自麵粉袋或糖袋，然後把邊緣一針一線紡製的。如今，時代演變，科技進步，傳統尿布已被紙尿褲取代。

菲律賓風俗，嬰兒出生不久，父母為了驅除病魔纏身，使他能平平安安成長，便替他「拜」誼父誼母，穿上誼母贈送的白色衣服，到教堂舉行洗禮儀式。而我「生不逢時」，戰亂時期，雖「拜」過誼母，卻沒有受洗的福氣，也錯過穿上「洗禮裝」的機會。

從小，母親就喜歡把我打扮的像小公主似。我的衣服都是她在Cinderella或Three Kings挑購的。印象最深的是我七歲生日那天，母親為我買了一件白色上衣，紅色花邊的蓬蓬裙子，還配上紅色的鞋子。她替我打扮後，便帶我到相館拍照，讓我的童年留下一個美麗的「停格」。這件童裝是我童年的最愛。

我小學念「中西」，中學就讀「中正」，這兩間學校的校服都是白衣藍裙。曾經有位「小店」的客戶向我洩露，說他是「中正」第廿一屆的，當年在學校唸書，我是他的偶像，每天早上他會站在學校對面的「菜仔店」等我走過，因為他喜歡看我穿上校服那種很端莊的模樣，裙褶一疊疊的燙得很平直整齊，沒有絲毫皺痕。

小學畢業，在畢業慶祝晚會上，我身著碧瑤原住民裝，在臺上表演Ifugao山地舞。

十六歲參加菲華第五度軍中服務團到臺灣。我被列入陸軍隊。由於我是隊中最年輕的團員，團長特別向臺灣記者介紹，更為我拍照。穿著軍裝上報的那張照片，雖然已斑駁泛黃，但它永遠烙印在我的心版上，永不褪色。

在軍營服務，我表演朗誦、跳舞。穿上菲律賓Saya，跳竹竿舞及燭光舞。身著西班牙Flamenco，表演浪漫的西班牙舞。也以Agogo裝在臺上搖曳舞動。

中學時代，曾經在一次校慶慶典中，穿著西藏服裝表演民族舞蹈。也曾參加廿屆畢業廿五週年回校舉辦的漢滿蒙回藏的時裝展覽，身著滿漢旗裝，腳踏旗鞋，在臺上「一步步蓮花」。

一九六五年，大學畢業，在畢業典禮上，我披上Toga（畢業穿的寬外袍），腳踩三吋高跟鞋，風光的上臺領文憑。他在臺下為我拍照（那天，父母親因出國沒參加，由他陪同）。慶典散會，他帶我到一家西餐廳慶祝。當拉提琴的走到我們的座位，他點了我們的Theme song-no other love，燭光微微搖曳著，他握住我的手，在這浪漫的夜晚，向我求婚。

讓他在愛情跑道上辛苦的跑了九年，終於於一九六六年與他「牽手」。因國籍問題，我們在香港結婚。在香港穿的婚紗通常是租的，我卻穿著Made in Philippines的婚紗。婚禮在酒店舉行，簡單隆重。夫妻相拜後，我便換上在香港臨時購買的旗袍出場敬酒。嬸姆們看我這「混血兒」穿上中國旗袍，對我莫不另眼相看。

結婚不久，因「入門喜」，迫使我把母親送我的十八件陪嫁衣裝入冷宮。挺著肚子，穿上孕婦裝，雖難看，卻很驕傲。

一九七一年，父親因到香港探望「唐山母親」，不幸心臟病突發往生。我們兄弟姐妹九個，因種種原因，由我「單槍匹馬」到香港奔喪。在殯儀館與香港妹妹披上「麻衣」守靈。

一九八二年，舉家到臺灣旅遊，遊日月潭時，外子與我穿上山地裝，拍下一張「阿里山的姑娘美如水，阿里山的少年壯如山」的照片。

八十年代，親友們的兒女陸續結婚，之間因彼此感情濃厚，許多跟我們結誼緣，收了許多誼子誼女，而每次他們都會送「誼母裝」。誼母裝都是裹玉裝金的長禮服，五花八門，只穿一次就用不上。真可惜，也很浪費。「送」不宜，「捐」不適，只好把它們真空包裝收藏在衣箱裏。

二十世紀，唐裝盛行，我也跟著時尚，不落人後的穿上它。而我的唐裝多半是在同學顏秀美開設在王彬街的服裝店買的。她對我特別厚愛，每每新貨上市，總會優先通告。由於對唐裝的鍾愛，我幾乎每天都穿上它，把它當「小店」的制服，至使客戶質疑我的身份，到底老闆娘是「臺灣查某」抑是「大陸婆」？

衣服不僅代表一個人的身份，就如國有國服，學校有校服，機關團體有制服。許多行業，如醫生、護士、警察、郵差……都因他們的穿著而讓人辨出身份。衣服也可以看出一個人的品格、氣質……。而穿衣服要看氣候、時間，還有——場面。

猶記女兒十八歲生日，我們在岷里拉大旅社為她設宴慶祝，那天，她穿上一件淡紅色的蓬蓬裙，後面夾著一個大絲帶，像小公主似，外子跟我同穿著Barong（菲禮服），紅男綠女，爭艷奪美。正當舞會開始，一位穿著T恤，牛仔褲的女人進來，隨即讓我旁邊的朋友矚目，問我她是誰，我說是親戚，她批這親人如此打扮，是對我不尊重，是蔑視我。我莞爾語塞。事後想起朋友的話，覺得她並沒有失口，因為通常我們要赴宴，對方如果是有頭有臉，且場地又在豪華的大酒店，我們自然而然會打扮得很得體去參加。就像這次參加菲華作家到臺灣訪問，出發之前，主辦單位特別交代，第一天拜訪長官，大家穿著要端莊，不要穿牛仔褲。對那失禮的親戚，因她的不撙節，不自尊重，我倒認為是她「自貶身價」。

鄰居L太太，出身名門，漂亮又有氣質，穿著入時典雅，常常讓我們讚美羨慕。有次，穿上一襲旗袍要參加宴會，一出門就被我們包圍詰問，多麼高貴大方的旗袍，哪裏買的？她笑著回答：香港查某街地攤。大家聽了不禁嘩然……。

不多久，女兒從國外買了一件名牌衣衫送我，在一次文藝活動穿上炫耀，有人誇款式美，也有人讚品質好。正沾沾自喜被人欣賞，突然有人問：「『一路發』買的嗎？」此時，讓我想起證嚴法師的「靜思小語」——穿在身上最好的「名牌」是「人品典範」。

不錯，我的衣服都是「一路發」跟Tiangge買的，且都是外子挑選的。他認為這兩處的衣服，既便宜又時尚，日新月異。過時或不喜歡，不會不捨得轉送或捐出，這樣可減少處理的困擾。

從襁褓到出嫁，我所穿的童裝以及陪嫁衣，件件都有母親的「愛心與關懷」。而每次的穿著，都不忘父親的「訓誨」。少女時代，曾經因身穿睡衣上餐廳用早餐，被父親責罵一頓。他說女孩子穿著要端莊，不可隨便，以後為人媳婦，更要懂得規矩。結婚後，我的衣服是外子挑選的。他說因為身子是他的，所以我的穿著是他的「版權」。還好，他有品味，且有審美的眼光。我是他的「作品」，時常被「肯定」。

六十多年，千衣百服，使我的生命多姿多彩……。

二〇〇九年

寒舍

當有情人終成眷屬，「牽手」後住在一起，夫妻的一生就在這個地方開始——生子育女，娶媳嫁女，含飴弄孫……。

我的娘家是在岷倫洛區的仙彬蘭洛街。房子是向菲故總統Quinino租的。時他正在任內，由他女婿負責收租。兩層樓房有六門戶，父親租下三門戶，後來還在後面屋上架屋。大哥、二哥、四哥就在這裏娶妻生子。「三代同堂」是傳統父親的理想，然，卻因彼此之間不能和睦相處，不得不「分道揚鑣」。

這個家，我住了二十四年。成長中，看著父母如何同甘共苦從成衣廠換為化妝品廠，然後又改成為電版工廠，再設立旅行社……。

我們的鄰居，從街頭到街尾，皆是華人，最可貴的是大家能融洽相處，彼此互相尊重、關懷、幫助。

結婚後，我們與公公婆婆住在敦洛區的Moriones街，跟娘家恰恰相反，左右前後的住戶都是菲人，中間只住一戶華人，是公公的同鄉。房屋也是租的，是兩層樓四門戶，公公把三個門戶以及二樓的全部都租下，另一門戶卻由一對菲夫婦租下經營殯儀館。公婆不忌諱，一家在那裏住了幾十年。而我，起初有點不習慣。這對夫婦還跟公公婆婆結誼緣。在這裏住了兩年多，我也收了兩個誼子誼女。後來，房東要移民國外，欲把房屋賣給公公，時全家都是中國身份，沒有權利置業。唯有我是菲律賓國籍。公公便以我的身份把房子買下。地契簽好，公公把它拿給我保管。我莞爾回應，那有我保管的？然後把它接下當場交給婆婆。過了一陣子，公公向隔壁的「公巴列」商量，要給他們一筆錢請他們遷移他處。沒料激起他的不滿，引起一場官司。他們知道我與老公在菲律賓沒有正式結婚，便以「傀儡」罪名控告。經過一段長時間跟他們在法庭「相見」，最後還是在庭外和解，他們終於接受了公公的那筆錢。

公公是做乾魚批發商，當時包裝乾魚業只有一家，他便在描律區租下一幢房屋（因冷藏房在附近，出貨比較方便），做起包裝業，由我掌理。住了不久，因描律是垃圾地帶，空氣不好，又沒有自來水，每天還要從婆家載水，且我懷了老二，剛好婆家斜對面有一幢房子出租，後面有一間工人房，寬大的庭子很適合包裝業，公公便叫我們把它租下。

在描律住了一年多，對面有位蔡姓住戶，太太是菲律賓人，常常到我家做客聊天，後來把他兒子「拜」我做誼母，使我有一種「到處留情」的感覺。

在敦洛住了兩年多，懷了老么，包裝生意蒸蒸日上，公公還把包裝的乾魚出口到關島售賣，然，他卻不幸於一九七五年十月十日往生。隔年五月的一個晚上，因颱風Yoling襲岷停電，鄰居點燭不小心失火，波及我們家，房子幾乎燒盡成灰，我們便暫時搬到婆家住。包裝業因而停業。兄弟四家，加上兩個小叔未娶，兩個小姑未嫁，「擠」在一屋簷下。因各人生活方式各異，難免發生意見分歧。本來，「家」是感情交流的地方，卻因妯娌間常常為芝麻小事發生摩擦而引起口角糾紛。遇到這種情形，婆婆總是一笑置之，她說，親生兄弟姐妹都難相處，何況是來自不同門戶的妯娌！

後來婆婆計劃把房屋建築成五層樓大廈，一層由她跟兩個沒出嫁的小姑住，另三層由六個兄弟分住，婆婆的理想說出後，老公便向她建議，何不向市郊「發展」？建築房屋問題重重，敦洛雖然住慣十幾年，但治安不善，出入不方便。如今市郊現成Townhouse林立，不如把建築房子的那筆錢分給兒子們，各人買一幢……。婆婆接受老公的意見後，我便開始翻報尋找有關售屋的廣告，同時向地產公司詢問。

終於在仙範市找到一新建的Townhouse，一共有廿二個單位。一進門，是一個大廣場，供停車用。左右兩排是兩層樓房子，有的是三房，有的是兩房。後面又一排兩層閣，具有地下室，是分開售賣，中間有游泳池，房屋後面有條小溪，溪的對岸有一片小樹林……。如此優美舒適的環境，理想的房間格局，讓婆婆與我們「一見鍾情」。她多希望六個兒子都能一人一幢的相鄰住在一起。

婆婆跟我們終於選擇隔著游泳池的兩幢。老公把地下室也買下，將來給老大結婚用。而小叔們一個個先後也跟著搬進來。

我們拿了婆婆分給的錢做定金，然後向Pagibig申請貸款，分期付款買下「命中」的房屋。剛結婚不久，一位相士曾經替老公算過命，測他將來會有「自己」的房子，不過，只是「小」屋一幢……。

搬進新宅不久，一位會看風水的親友來造訪，看到我們靠近游泳池種有一棵大樹，便向我們指點，叫我們好好照顧它，因它會庇蔭我們……。那時，跟朋友合夥的漢堡店，因「合」不來拆夥，由我們承頂接管，幾年中開了四家分店，心中莫不為那位親友的指點喜悅感恩。然，有一天下班回家，突然看到那棵樹被砍下，追問後，原來是那棵樹的根是橫生，它越長越粗大，怕損壞旁邊的游泳池，我們住戶的會長便令工人把它砍下。此事發生不久，我們五家漢堡連鎖店接踵發生工人醞釀罷工，店面合約屆滿，新合約房租飆漲，迫使我們無奈喊卡停業。而我們的會長，本來生意如日中天，也不知何故，突然宣佈破產。

生意倒垮後，在家裏做包伙食（貼菜），同時在晨光學校經營福利社。兩年後，另起爐灶創設「小店」。想起相士的「金玉良言」，老公便向家裏有花園的四小叔要了一樹苗，在游泳池旁原處種植，此樹是直根，應該不會損壞游泳池。如今，將近十年，這棵樹已長過屋蓋，而我們的小店，也跟著開花結果，有了分店。

老大老么結婚時，我們以分期付款各買了一座公寓給他們，如今都已付清。最近，他倆也把幾年來的流汗錢以分期付款各自買了兩座公寓，他們懂得投資置業，讓我們夫婦覺得很欣慰。我們雖然不是很富有，可三個兒女都很勤勞「打拼」，為自己打出一片天，讓我們夫婦「引以為榮」，這就是我們「最大」的財富。

房子從一九八二年買下，今已將近三十年，這些年來，我們把它裝潢好幾次，而每次都是老公絞盡腦汁的設計。最創意的是把我們的寢室弄個玻璃天窗，後面的牆拆掉，換成整片玻璃。這樣，晚上可觀星空，下雨的夜晚，可聽到、看到雨滴答滴答的打在玻璃上。白天向外一望是一片小樹林，俯首有一條小溪，往左看有一座小橋，橋旁住了屋簷低矮的人家……。這畫面有如馬致遠詩中的「小橋流水人家」。後來，小樹林被建築成Townhouse，我們不得不把那片大玻璃牆及天窗歸原狀。

最後一次裝潢，是三年前老公結婚後，老公把整層二樓「改頭換面」。天花板及地板換掉，兒子跟女兒房間的一堵牆把它拆下，使女兒有更大的空間。兩個廁所鋪上新磁磚。而我們的寢室隔成內外兩間，但沒有門。外為書房，內是睡房。再把睡房的地板挺高七寸，鋪上榻榻米，讓自己舒適的睡在那裏。把我們的雙人床轉送，叫工匠為我製造一張由他設計的單人床。二十多年前，老公因脊骨痠痛的很嚴重，醫生令他睡地板，夫婦「分床」睡，換句話說，是「異夢異床」。睡房旁邊弄了一個小斗室，買了一張電動按摩床，夫婦奢侈一下。

這幾年，常常受到新搬來的鄰居「出招」威脅抗議。他們不滿我們在家裏「大事」烹煮，可我們烹煮是在他們搬來之前……。他們的不「諒解」，讓我們更懷念跟我們相處十幾年的舊鄰居。那時，七八個住戶同時搬進來，除了婆婆是前輩級，我倆年紀最大。大家熱情親切，和睦相處。每星期日早上相邀到青山區晨步，然後上館子一同享受「飲茶」。每天晚上吃晚飯後聚集在游泳池旁的平臺喝咖啡、飲茶、談天說地，因而建立濃厚的感情。時時到郊外玩，甚至組團到國外旅遊，且彼此結誼緣，之間，我就收了六個誼子誼女。可是，相處將近二十年，他們有的移民國外，有的在外頭「更上一層」

買了高樓大廈，把本來的房屋售賣或出租。新來的鄰居，相識似不相識，大家過著「井水不犯河水」的生活……。直到「發現」我們……他們便對我們「反目」相看。如今，我們只有「用寧靜的心態，觀大地眾生相，聽大地眾生聲」。（錄自靜思語）。

我們的房屋雖小，卻充滿著愛與溫馨。它是婆婆留給我們的紀念禮物，也是老公與我「犒賞」自己的禮物。四十多年來，夫婦胼手胝足打拼，整個房子除了婆婆的「愛心」，每一個角落都流著我倆的血汗，所以我們非常珍惜它。除了親情，我們的家也很有「友情」味。文友們的贈書、「兩塗軒」書畫藏品的複製、親自種植的盆栽、為我們帶來幸運的幸運小樹、可治百病的日月草、親手畫的荷花、國畫、用毛筆寫的「房間曠野」、親手剪貼的圖案、鑲「寶石」的相框、親自燒成的茶杯、「割愛」的茶罐、三三讀書會的「真情假花」……。它們陳列在我們房屋的每一個角落，讓我們有住在「豪宅」的感覺。

而讓我最珍惜的是公公婆婆有次到臺灣旅遊時為我們帶來的彌勒佛。猶記他倆老人家出國前夕，公公問我：「錦華，要我們為妳買什麼東西？」我毫無遲疑地回答：「彌勒佛。」如今，這尊佛像已跟隨我們將近四十年，我們把祂供奉在大門進來的佛壇上，每天燒香跪拜，祈求一家大小平安。

佛壇旁邊，有一排小樹幹，裝飾為屏風，老公把他的「愛情」以毛筆寫上，這首情詩是結婚四十年來唯一的情詩，是「無價之寶」——

把手指折斷成樹枝
在冰涼的冬天
為妳起火

在比心更深的地方
築廬舍
和你隱居

這就是老公跟我居住的地方，早上可以聽到我們夫婦在廚房裏「炒鬧」的聲音，晚上可看到我們在書房寫詩作文的畫面……。

二〇一〇年

一次遠行一次情

爸，媽：

我們已於今晨九時半到達基隆，因還要檢驗行李，所以十點左右才登陸。一到碼頭，歡迎的人很多，爆竹如雷，非常的熱鬧。我們從碼頭步行到中正堂，在那裏有個歡迎會。之後，我們就坐車到復興崗。

海上的生活很有趣。我們第二天晚上舉行一個同樂晚會，我代表我們中隊上臺朗誦。當船渡過巴士海峽，許多人暈的暈，吐的吐，還好，我沒事。爸，您在碼頭買給我的一箱汽水，都給人家喝光了，我好氣憤。您們不必掛意我，我會好好照顧自己，您們要多保重，謹此向兄弟姐妹們問候。

女　錦華上

一九五九年四月廿四日

這是一九五九年，我參加菲律賓第五度軍中服務團到臺灣時寫給父母親的信。這封信一直保存在父親的抽屜裏，直到他往生，三姐收拾他的遺物，才拿給我。

猶記上船那天，天氣炎熱，我站在甲板上，看著父母、姐弟撐著傘，一直向我揮手。突然間，父親不見了，正在張望尋找，只見父親扛著一箱汽水自人群中鑽出來，滿頭大汗的爬上船，上氣不接下氣的說，天氣好熱，這些汽水拿著跟朋友們喝吧！說完掉頭就走。看著父親濕透的襯衫，我的心情有如朱自清——「這時我看見他的背影，我的淚很快地流下來了。我趕緊拭乾了淚，怕他看見，也怕別人看見」。可當船慢慢地離岸，我的眼淚還是禁不住的掉下……。第一次單槍匹馬遠行，心情又恐懼又興奮……

隔了幾天，收到父母來信……

錦華：

妳第一次離家，爸心裏很不捨。當船離開，看妳一直哭著，我心裏很難過。但妳是愛祖國而去服務慰勞，我心裏卻是很高興。閱報知道臺灣廿七日凌晨地震，妳一定受很大的震驚。帶去的錢如果不夠，就把那金戒指賣掉。用不完的雪文（肥皂），牙膏，就留給禮燕叔公。臺灣天氣很冷，要注意多穿衣。

父字

一九五九年四月廿九日

而母親的信卻是用英文寫的，信上句句關懷，字字叮嚀。信後還有兄弟姐妹們的行行短訊。

一九七六年，家居遭祝融，外子與我的情書因收集在剪貼簿，全部燒成灰，不然可以出本情書集。而父母跟我的書信，因放在一個餅乾鐵匣裏，才安全無恙躲過災殃。父母的親手筆跡，對我的思念與關懷，在小匣子裏保存了將近五十年。

第二次遠行是一九六六年。為了怕喪失菲律賓國籍（一九八一年前，菲律賓法律規定，凡菲律賓女人嫁外國人，就隨夫轉籍），外子與我便到香港結婚。時由父母、三姐、妹妹陪同，結婚後，外子與我到臺灣渡蜜月，我們提前一個星期到香港旅遊，這段時間都在喜樂中渡過，結婚典禮上，我也整場喜笑顏開。直到喜宴散場，母親把我抱入懷裏，在我額上輕吻，我突然有一種「離別」的恐懼。回到酒店，淚水像斷線珠子般簌簌而下，驚壞了「新郎」，害他整夜手腳忙亂，不知所措……。

一九七一年，父親因到香港探望「大媽」，不幸心臟病突發往生。大哥因「學生」身份不能出國，兄弟姐妹們又因種種原因不能遠行。公公便向母親建議由我赴港奔喪，便拜託文華宗叔向外交部長求情，盡速給我簽證。在舅父陪同下，帶著悲痛的心情赴港，守靈五天後，護著父親靈柩返菲，在機場向大媽及妹妹道別，看她倆泣不成聲，我心如刀割……。抵菲時，兄弟姐妹痛哭跪在地上迎靈，唯母親卻很鎮定的把我抱住，哽咽地問，身體撐得住嗎？

一九七五年，公公跟婆婆與二小姑在北京旅遊時，也因心臟病突發往生。外子與我、四小叔、五小叔到北京奔喪，公公在八寶山火化後，我們便把他的靈灰帶回菲。四年中遠行，既是為了奔喪，好心痛。兩位都是我最敬愛的長輩，往生前卻沒跟他們見最後一面。為紀念他倆老人家，我寫了〈風木之悲〉與〈北京迎靈記〉。

一九七九年，外子跟我與婆婆、三小姑帶了三個兒女旅遊臺灣，時老么才七歲。第一次全家出國，旅途中感受到的樂趣，回來後，耿耿於懷。那時，我就對自己許願，努力打拼賺錢，爭取全家出國的機會。

之後，我們幾乎每年都趁兒女放暑假時，舉家出國旅遊。直到他們有了工作，我們只能以聖週、聖誕假期到國外渡假幾天。

只是，一九八七年參加菲律賓中正第十九屆舉辦的美國旅遊團時，有位同學對我們攜帶孩子出國之舉很不認同，他說孩子還小，不要如此把他們寵壞。等他們長大成人，讓他們自己作主選擇旅遊的地方。對他們的「高見」，我們聽了莞爾，沒有回應。

如今，外子與我「偶而」翻開那幾本已泛黃的相簿，在那些旅遊中留下的照片，重返與兒女們一起出國享受天倫之樂的每一畫面，這種「時光之旅」對我來說特別溫馨難以釋懷。

二〇一〇年

再憶菲華小說家
——林泥水

上個月，三三讀書會上，謝馨告訴我，「文協」月刊徵稿，以「懷念故人」為主題。因我們同是「文協」人，她便向我約稿助陣，她的熱情盛意，使我難推辭。腦海中瞬間的定格是林泥水手拿著麥克風引吭高歌唱著「榕樹下」……。

泥水兄往生將近二十年，曾經寫過〈懷念林泥水大哥〉紀念他。如今，我又執筆寫出對他的思念……。

泥水兄大祥紀念日，純真把他的散文、詩，結集成書——《片片異彩》，還寫了一篇〈永遠的懷念〉，她如此寫著——「我們對你的思念，反而愈來愈切，愈來愈濃，尤其心中的傷口，反而被時間嚙得越來越深，越來越顯明。」

前天，純真姐來電話說王勇告訴她，「林泥水作品研討會」將於六月底在晉江召開。她的語氣聲調好興奮，好激動，對王勇的熱心推動菲華文學，甚為讚許。頓時讓我想起去年我們一同參加菲華作家組團訪問臺灣，拜訪《文訊》時，封總編輯拿出二十多年前由李瑞騰主編的《菲華華文文學特輯》供大家傳閱，當那本《文訊》落在純真手上，只見她對書本上泥水的照片發愣，眼眶紅紅的……。

施穎洲前輩在《菲華文藝》選集〈序言〉中，如此評述林泥水：

林泥水——四十多年來菲華文壇中堅作家之一，高中時代即以〈上天堂〉得過「文聯」短篇小說比賽第二獎，以後又得文藝獎七次，包括「王國棟文藝獎」小說獎。已出版作品有多幕劇《馬尼拉屋簷下》及《阿飛傳》，短篇小說集《恍惚的夜晚》。

而他的老師——邵建寅院長為泥水兄的《片片異彩》寫的代序——〈海灘上的貝殼〉，這樣評述林泥水：

泥水卓犖不羈、才氣縱橫、豪爽直率，光明磊落，常能忍人之所不能忍，為人之所不敢為。……他致力於戲劇和小說，率先以僑界小人物為主題，注入其啟蒙性及前瞻性的社會意識，反映華僑在菲謀生的血淚史，成為「僑民文學」之首倡者。

認識泥水兄與純真姐是八十年代，月曲了與我跟他們夫婦同時加入「耕園」。那時，菲華文藝剛復興，時常有文藝活動、聚會。泥水兄常常在大會上擔任司儀，把純真姐安排跟我相鄰而坐。久而久之，成為無所不談的知己，文壇好友。在「千島」聚會時，學詩人們「對酒當歌」，我們每人都有七瓶啤酒，不醉不失色的記錄。泥水兄常常說我倆很有「緣份」，連寫文章的筆調也很相似。

而泥水兄跟月曲了，除了在文藝聚會上，「千島」月會上，卡拉OK餐廳裏，一齊喝酒抽煙，唱歌論詩，泥水兄每次要到羅沙溜街「開會」（打麻將）時，總會先到我們開設在隔一條街的咖啡店與月曲了小敘，因此他往生後，月曲了寫了一首〈煙灰缸畔〉懷念他。這首詩這樣寫著——

看不清楚人間

可用打火機悄悄對話

在黑夜　甚至白天
我們本來就是煙灰缸畔一群
聚聚散散迷失了
又回來
繼續辯論的螢火蟲

辯論著　茫然是陣陣的
污染　怎樣環保呢
辯論地球
這宇宙的小劇場已滿座
昏暗中
點亮的萬寶路不是手電筒
能為神鬼找到座位嗎？
辯論思念一段接一段焚燒的時候

那鮮焰　是不是
夢中野餐後的甜點
辯論虛無主義到底是誰的情婦
為什麼在她的無名指上
戴著我們的紅寶石
辯論著
雲的血型
和我們的關係
除了與星子之間
有種族歧視問題
其他的事即可迎風而解
因交換的都是灼見
談吐的儘是肺腑之言
只是我們還有未完的爭執呀

你卻另以糖果
改嘗時間的苦
看不清人間
可用打火機悄悄抗議
在黑夜　甚至白天
我們本來就是煙灰缸畔一群
聚聚散散　迷失了
又回來
指天畫地的螢火蟲

記得在一次「千島」慶典會上，我上臺朗誦這首詩時，純真姐在臺下禁不住淚流滿臉，當我朗誦完，她好激動的上臺把我抱緊，痛哭流涕，讓臺下許多文友們的情緒也受到感染，為之眼紅流淚……。

泥水兄與純真姐鶼鰈情深。他對純真姐無微的呵護，令人感動。純真姐在尚一學校任教職，居家就在學校旁邊，所以每天純真姐的生活空間只有學校與家庭。泥水兄住院於崇基醫院（與尚一學校相近），純真姐要到附近茫茫街買藥，竟然不知道怎樣走過去。她向我說，我什麼都依靠泥水，家裏的日常用品都是他每天回家時買回來的。而泥水兄，有次跟月曲了與幾位死黨相邀到臺灣訪問臺灣詩友，在旅館裝行李時，一直感歎，他說這工作都是純真做的，他從來不曾為裝行李的事困擾過。言中之意，他們出國都是形影相隨……。他倆每天各忙各的，星期六相邀到王彬街「拍拖」。有時候先到我們的咖啡店跟我們相敘一會兒，便手牽手一起去歡渡他們的週末。一位是小說名家，一位是散文高手，夫婦都得過「王國棟基金會」舉辦之文學獎。

泥水兄跟我大哥景超是同學，都是五十年代以遊客身份來菲，因身份問題，且泥水兄居家很近我大哥開設的「小太陽」小食店，所以常常去找我大哥聊天相聚，互吐心事。他對朋友就是這麼熱情。泥水兄令尊在王彬街開設「新晉南」食店，店雖小卻頗有名氣，還沒認識泥水兄，我們夫婦就常常到那裏享用他們有名的小吃。泥水兄喜愛美食，且廚藝精湛。他樂於幫助朋友，甚至向我大哥透露煮肉羹的訣竅。今天，我們開設的「小店」，除了潤餅是我們的招牌菜，肉羹也是我們很熱賣的食品。

泥水兄待我如親妹妹，知道我大哥經濟欠佳，除了自己伸出援手，還時常「提醒」我要「關照」大哥。泥水兄！您走後不久，我大哥兒女們在工作、事業上都很打拼，且都有小小成就，讓我大哥享福晚年，您在天之靈，一定很欣慰。只是，我大哥也於四年前往生了。

四月二十二日，在世界日報的「世界廣場」，專欄作家洪範在他的《逝水長流》如此寫著：「泥水大哥一生致力戲劇與小說的創作，從五十年代以後寫過很多的劇作，反映菲華社會的現實生活，為各戲劇社與僑校爭相演出。兩次得過戲劇創作比賽第一名；短篇小說比賽第二名，八十年代後榮獲王國棟文藝基金會小說獎第一名，菲華散文獎第二名，菲華新詩獎第二名。」

「林泥水的文學作品，逝水長流！」

四月二十四日，聯合日報社會版標題——「福建省作協暨省文學院和晉江等八團體將聯辦菲華晉江籍文藝家林泥水研討會」，屆時將由菲律賓華文作家協會秘書長王勇介紹林泥水先生的生平和創作簡歷。

都已經二十年了，菲華文壇一直沒有把泥水兄遺忘。而每次提到菲華文學，總會提起小說家林泥水。

「林泥水走了，他留下他的作品及憶念，在菲華文學史上！」（摘錄施穎洲《悼林泥水》。）

泥水兄！您為月曲了詩題親手揮毫的「房間曠野」四個大字，一直掛在我們的大廳……。

二〇一〇年

心酸

星期日是我們這「飯糰之家」的家庭日，有次，我們相邀到Libis市場的一家餐廳打牙祭後，便「分道揚鑣」在市場蹓躂。老大偕妻小到玩具店「浸泡」，老二慣常自個兒到時裝店逛，每次有「吸睛」的衣服，總會打手機呼我們去當顧問。老么跟妻子手牽手的走著，一會兒就不見人影。外子把手搭在我肩上，帶我走進一家男鞋專店。一踏進門，就看到老么試穿著休閒鞋在鏡前左看右瞧，二媳婦坐在沙發上似很欣賞的看著他裝模作樣的踱來踱去。老么迎面笑著問：「好看嗎？」外子沒回應，只顧走向一隅觀賞櫥架上的鞋子。我隨即回答：「不錯呀！」二媳婦忙插嘴：「你上星期才買了一雙呢！」我輕聲問老么：「多少錢？」他笑瞇瞇的說出價錢，便視察我的反應。我不作響的緩緩走開，心裏嘀咕著，真是「本性」不改，難怪二媳婦要「提醒」他。老么從小就喜歡名牌，不懂節儉，雖屢次「教導」他，都聽不進耳……。我站在一旁偷偷的看他，只見他坐在二媳婦旁「乖乖」的把鞋子脫下，向店員搖頭，臉上一副傻笑，細小的眼睛卻向我望著，憐憫求助的眼光如二十多年前……。

二十多年前，我們「中正」第二十屆級友聯誼會舉辦第二代籃球友誼賽，同學知道我兒子是籃球「健將」，且曾代表他們學校到臺灣「爭光」，便慫恿我叫他參加。他竟然乘機「打」劫，要一雙球鞋做代價。

也是一個星期日，為了實踐對老么的承諾，我們舉家一起到「鞋市」，沒料老么卻「大膽」的要一雙價值兩千九百塊的球鞋。老么不知「分寸」，惹起他老爸發怒，一路責罵他只愛打球，不注意讀書。那天，一家歡歡樂樂的出門，卻因老么的不懂事破壞了氣氛，讓我心如刀割。為了化解那時的僵局，我便提議到飲冰室憩一下。氣在頭上的外子，一口氣的把汽水喝光，老大老二不敢出聲的靜靜享用冰淇淋，老么卻一口不沾的任由面前的冰淇淋溶化，眼睛向我「求情」，就是那道眼光，觸發我強烈的眼波向外子「施壓」……。

走出飲冰室，外子一聲不響的帶我們走回鞋店，很瀟灑的把球鞋買下。事後，他說是為一個「可憐」的母親而買的。

如今，我這個做母親的卻愛莫能助……。

二媳婦節儉樸實，能替老么精算理財，我應該很欣慰，且可以很放心的把兒子交給她。老么懂事了，可是，不知怎樣的，我卻有點「心酸」。

二〇一〇年

渴愛

珍妮去年六月與她表姐美安從宿務來我家當幫傭。美安是我們「小店」的店員，她要回鄉渡假之前，告訴我她有個十七歲的表妹，中學三年學歷，有工作經驗，想在「小店」申請工作。我說「小店」目前不缺員工，如果她願意當家傭，我可以寄來岷旅費。

幾十年來，僱過的女店員或幫傭，多半是妙齡十七八歲的少女。菲律賓人發育早，這把年齡的少女就已亭亭玉立。可當珍妮站在我面前，對我堆著一臉甜甜的笑容時，那副童騃稚氣的神采，使我不禁脫笑。她身高不及一百四十公分，身材如十三四歲的女童，屁股翹翹，黑黝黝的皮膚，濃黑的頭髮梳紮著馬尾，絲絲服貼。眉眼如畫，睫毛長又卷，眼神格外炯亮，鼻子不高而挺，小小的嘴兒笑起來，露出一排整齊潔白的牙齒，容顏清雅，讓人一見就喜歡。向她做簡單的詢問，指示她該做的工作，便令美安幫她安置臥處。

珍妮才來一個多星期，我們就發現她很機靈敏銳，善解人意。她很專注我們的一舉一動，聽到老公與我咳嗽，就急忙端茶水，看到我下廚時滿頭大汗，隨即遞毛巾。老公在客廳閒坐，她便送上報紙，還替他扭開電風扇。女兒看她對我們無微不至的照顧侍候，對她產生好感，心裏很欣慰感謝，時常把舊衣送給她，每次出國回來帶贈品，總不會少她一份。女兒甚至慫恿我們把她收留做養女。

每天凌晨四點多，珍妮就跟六七個幫傭在廚房準備「小店」的菜餚。別看她年紀輕輕，個子小小，她拿得住大菜刀，撐得起大鍋，不僅駕輕就熟，動作姿態也很美妙優雅。由於她伶俐精幹，又懂得尊重討好老一輩的同仁，跟她們和睦相處，人氣夯，大夥兒都很喜歡她，特別是我們的主廚，視她如親妹妹，把料理訣竅毫無保留的傳授給她。

每次我下廚，她就寸步不離的站在我旁邊接應，有條不紊的幫我拿廚具取配料，如此乖巧聰慧，教我怎麼不疼惜她？

炊事「大功告成」，她便預備我們的早餐。煮麥片、泡咖啡、煎蛋炒飯、烤麵包、烤香腸、煎魚炒菜，任由她安排準備，讓我們每天享用豐富的早餐。用完早餐，她便跟著我上樓侍候我更衣化妝，問我穿什麼衣服？就自動為我選擇相配的手提包與鞋子，替我整理皮包裏的物件。她甚至會蹲下來幫我繫綁鞋扣。除了很「體貼」的侍候我的穿著，她還打掃我的臥房，處理我家裏的帳務，甚至為我服務按摩，既是古代的小丫環，又是新時代的女秘書，且還是推拿好手，如此幫傭，打十個燈籠都找不到哩！

十月中旬的一個下午，老公與我下班回家，一進門，看到餐桌上有生日蛋糕，我捷步走近把它打開，蛋糕上如此寫著：「珍妮，生日快樂」！下款是「爸爸，媽媽」，原來是珍妮的生日，詰問廚房裏的幫傭們：「珍妮呢？」她們說剛下樓如廁。「那她父母親什麼時候來岷尼拉？」我又問。大家都失笑回答，生日蛋糕是珍妮自己掏腰包買的。我聽了，錯愕一下。為一個十七歲的女孩子，第一次「離鄉背井」在外地慶祝生日，對親情的渴望，那種「每逢佳節倍思親」的心情，不禁喟然……。

我急忙上樓預備一份紅包，當她把切好的生日蛋糕端上樓請我們吃，我就把紅包送給她，道賀祝福她生日快樂。她接下紅包，眼眶泛紅，衝前撲進我懷裏，附耳說：

「Ma'am，謝謝！」

二〇一〇年

當我們同在一起

為了要申請往上海的簽證，我翻箱倒櫃的猛找月曲了與我去年拍下的人頭像，卻無意間發現一張若利、謝馨、王自然及我們夫婦的合照，照片是在謝馨女兒家拍的，日期是二〇〇五年八月二十四日。頓時錯愕一下，是我們第一次讀書會的合照呀！這麼快，瞬間就五年。當我告訴若莉們讀書會已有五年的「歷史」，同樣的，她們都感歎時間無情。王自然提議一齊出國旅遊慶祝（去年五月，我們曾相邀到日月潭、溪頭玩）。若莉建議出特刊做紀念。

曾經有人問我，誰是「三三讀書會」的發起人？我竟然怔住答不出來。轉問王自然她們，大家也瞠目相對（連發起人自己都忘了，我怎麼說？）其實，誰是發起人並不重要，反正是我們這幾位文友，因家居相近，且時間可以互相配合，有「共識」的喜歡在一起讀書，這個讀書會就「不知不覺」的產生成立⋯⋯。

那天，謝馨拿了由她擔任評審的一個徵詩比賽，參賽者的作品與我們共同欣賞，大家輪流朗讀後，便一起討論，發表意見。之後，當場編號決定下次的主持人。那天，謝馨還特地炒米粉招待。謝馨不僅是大詩人，還是烹飪高手呢！有次她煮了一鍋江浙名菜「紅燒獅子頭」請我們，其色香味，至今仍讓我們回味無窮。讀書會也曾經在她大雅臺的別墅舉行，那地方環境幽靜，空氣清新，又有寬大的房子，最適合讀書。那天，謝馨還叫她的廚婦為我們預備一頓豐富道地的菲律賓菜餚。

第二次讀書會是在王自然家，這次她先生王兆鏞也參加。由於她家地點適中，餐廳有冷氣設備，又有三個幫傭侍候，以後的讀書會自然而然的在王自然家舉行。每次大家有默契的攜帶美食、水果、點心，又有王夫婦的名茶，濃香咖啡，特別泡製的巧克力，大家像孩子似的邊讀邊吃，有說有笑，喜氣洋洋……。後來翁淑理也加入我們的陣容。她年紀最小，學問卻很大，每次發表評論，都讓人覺得她「不同凡響」。林忠民大哥偶而也會參加。下課後，有時要到附近餐廳共進晚餐，若莉會令司機去接林大哥，屢次的飯局都由他夫婦作東。有林大哥在場，大家像一家人圍爐團圓，多麼親切……。

林大哥是亞華基金會董事長，他熱心推動「敬老」運動，屢次向資深作家示敬，致送獎牌禮金。若莉著手提拔後進，創立「華青」，數次舉辦徵文比賽及文學講座活動……。

這些年來，謝馨與月曲了提供新詩舊詞與大家賞析。若莉跟王自然推薦屬於學術性的國內國外名作。王兆鏞介紹報導文學。翁淑理與我選擇名小說家及散文家的作品……。

王兆鏞夫婦有次還從北京帶來四本《狼圖騰》分送給大家。書重半公斤多，書厚四百多頁，是為了輪到王自然主持時用的。夫婦對讀書會的「用心」，可圈可點。

每次輪到我主持，我都會很「用功」的去做準備，甚至請劉純真替我向陳延奎紀念圖書館的保管黃瑜玲老師（她倆都在尚一任教）「求助」，拜託她介紹推薦……。

去年，因王自然的幫傭回鄉渡假，以後讀書會的地點就由主持人安排。我們的讀書會規定於每個月的第三個星期三下午三點，由主持人召集，因而命名「三三讀書會」。

五年來在一起讀書，是多麼難能可貴的緣份呀！希望彼此「惜緣」，五年後，再共同出「三三讀書會十週年紀念特刊」！

二〇一〇年

街頭掠影

仙範市的名稱取自San Juan Bautista，即 St. John the Baptist。這位護身神於六月廿四日在河中以河水替耶穌施洗，宣佈耶穌是上帝的兒子，本地民間於此日效法祂施洗，迄今已有四百多年的歷史。在仙範市，這節日又叫Basaan（淋濕）。居民一早七點就開始向行車及過客潑水。因是「聖水」，象徵祝福，被淋濕的市民不僅「不可」也「不敢」生氣。可因有部份惡作劇者乘機戲鬧作弄潑「髒水」，引起市民驚慌憤怒。Mayor J. V. Ejercito便頒佈發令禁止潑髒水，且限制以中午終止活動。

去年，Mayor J. V. Ejercito 在市政府停車場大事慶祝這「聖約翰施洗日」。三仟多市民踴躍參加，以「Wattah! Wattah! San Juan Fiesta! Wet na! Enjoy ka pa!」為主題，舉行街舞比賽。市民與參賽者互動搖曳起舞，歡呼高唱，鑼鼓喧天。便由消防車做行列遊行，與市民相互潑水祝福。歡渡這個日子，讓大家真正感受到這節日的意義，感謝上天的保佑恩惠。

每逢此日，仙範居民，或者要路過仙範的學生、上班族、上菜市的，總會提早出門，以防水襲。雖然被潑水是受祝福，但被淋濕得像落湯雞，可不是味道呀！

居家與開設的「小店」都位於仙範，那天，老公與我如常九點多出門，當我們的車子走出大門，沿路已站著許多手持水桶、勺子，或拿水槍，握橡皮水管，甚至拿著一包包裝滿水的塑膠袋。雖然我們把車門鎖緊，他們還是走近把我們包圍，試探把車門拉開。潑水者自己已濕身，男生都是赤膊，女生的衣服被水吸，透出她們的內衣……。年青少男的對象都是妙齡少女，每每「得手」就歡呼大叫，而被淋濕的少女，氣怒尖叫，羞答答的把手遮住胸部，畏縮在一旁，久久不敢「動彈」……。

我們的車子徐徐而行，到了Santolan大街，車龍突然癱瘓，坐在車上心焦如焚……。忽見一群人往前跑，當我們的車子駛近，只見一位男人頭破血流站在街中，嘴裏一直嚷著：「我妻子懷孕哩！我妻子懷孕哩！」原來這男人與妻子騎著摩托車路過，不滿被水襲，一時無法控制情緒，下車向潑水者揮拳，卻遭旁觀者圍毆。此時，只見肚子微凸的妻子邊哭邊替丈夫擦額上的血……。還好，警察及時趕到……。

車子繼續緩緩而行，三個男漢突然從巷口衝出，把一個正在等車子的少女包圍著，他們一個個手上拿著裝滿水的勺子，一齊向少女頭上澆……。少女尖叫大哭，幸虧一位

「好心」老婦走近，把少女抱入懷裏，大罵粗話，把三個「壞蛋」驅走。在車上看到這一幕，心裏不禁喟然……。

車子繼續慢慢而行，此時一輛集尼車從我們車旁駛過，因集尼車的門窗沒遮沒蓋，乘客便用雨傘放在車門防水襲，沒料兩個十五六歲的少年，一個把傘子推開，一個把手上裝滿水的塑膠袋挖破，一包包擲入車裏，之後，兩個人互相擁抱，像打了一場勝戰，在街上蹦蹦跳跳！……而車上的人呢？無奈的望著他倆……。

車子終於到了「小店」，工人們已經在門口等著我們，他們爭先恐後的替我們開車門，用雨傘遮護我們。走進店裏，看到一女工正用手巾擦著被淋濕的頭髮，身上的衣服濕漉漉的，我忙叫經理拿件新制服讓她換。老公坐在餐廳邊享用咖啡邊閱讀時報，我爬上樓巡視廚房以及向廚師詢查炊事，聽經理報告業務後，便下樓與老公在餐廳坐下，看著來來往往的客戶……。

半個小時後，我們繼續「出征」到隔街的銀行處理一些財務，到了銀行門口，看見對面圍繞著十幾位等著機會的「侵襲者」，兩位警衛小心翼翼的維護老公走進銀行，而我，只好在車上「癡癡的等」。看到老公正要走出銀行，機警的司機急忙把車子駕駛到門口，讓老公「平安無事」的上車……。

從銀行，我們的車子直衝駛向座落在計順市的分店，迎面看到五個舞獅的菲漢。看他們有模有樣的學著中國人舞獅，心中溢起一種親切感。我沿路視察每家戶的門窗，有沒有繫掛「青菜紅包」，似乎他們還沒完全「入俗」。

此時，我們的車子因交通堵塞，停留在N. Domingo大街。這條街有個界線，把計順市與仙範市分劃。我們前面一部集尼車，剛好堵在界線間，換句話說，車頭泊在計順市，車尾仍停在仙範。一位持著菜籃的老婦，可能以為已「過關」，逍遙自在的下車，卻被一個突如其來的男漢潑水。只見她搖頭苦笑，一貓腰就消失在人潮中。

闖出界線，終於安全無恙的抵達位於計順市的「小店」……。

二〇一〇年

嫁入十九屆

我是菲律賓中正學院第十九屆戊組蔡景龍的「家後」，二十屆的王錦華。八月二十八日十九屆聯誼會舉行中秋晚會，聽到莊彩霞向老公邀稿，因十九屆將出特刊慶祝五十週年紀念。回家後，很興奮的向老公示意我想參加一份。老公隨即回答，不錯呀！

自從「嫁入」十九屆，我就以「嫁雞隨雞」的心態投入這個大家庭。這些年來，受到它的關照愛護，所以才心動的借用此機會來表達我對十九屆的感激。

十九屆是中正學院數一數二的「豪門世家」，人才濟濟，無論在商業上、運動場、文學書畫及新聞圈、教育醫學界，都有知名的人物（因怕會有漏失，不便一一指出）。嫁入十九屆總會有一種驕傲感……。

跟十九屆「正式」結緣，是聯誼會成立那天，老公跟我參加第一屆理事就職典禮，當年是故吳國全當理事長。之後「偶爾」會參加它的活動。一九八七年，我們全家五口參加由故林貽秉率團到美國西岸旅遊。時有公媽例陳燕燕及其夫婿公爸例王建泉結伴，且途中又與故施清澤及洪仁玉夫婦結誼緣（女兒在旅遊中拜他倆為誼父母）。讓我們留下一段愉快難忘的回憶。當年，施恭旗與妻小也同行，他女兒Kinby，沿路與我三個兒女成群結伴遊玩……。旅途中，有位單身父親帶著三個年幼男孩，令我特別多看他一眼，他就是楊志鵬，看他一路無微不至的呵護他的孩子，讓我「心動」……。回菲後，便拜託高世界為我三姐「牽線」。三姐麗華，是我們姐妹中最漂亮的，少女時代就有許多追求者，且有好多親友登門說媒，但卻一直結不上緣。她性情恬靜寡言，比較內向。美國之行，竟然讓我替三姐找到一位可靠的「老伴」，是此行最大的「收穫」。

十九屆慶祝二十五年，時吳玉霞當理事長，慶典會中有舞蹈表演，邀請我們夫婦參加。參加演出者十幾位，多半是「夫妻檔」。練習期間，請了專業舞蹈老師，然，教導一段時間，仍然不能「上軌」，好在許麗麗在旁「助教」，她經驗老到，以教導泉笙培幼園學生的方式，從頭一步步教，在她用心良苦指導示範下，大家很快就學會。那次能如期「成功」演出，應該歸功於許麗麗，她的「中正」精神，可圈可點。

二〇〇三年，老公榮獲「華文著述」獎之「文藝詩作獎」詩歌類第一名。二〇〇五年承莊彩霞推薦向校友總會提名，獲選入中正學院總會第十屆優秀校友文學藝術獎。二〇〇七年獲臺灣《創世紀》首屆小詩獎，再以二〇〇九年獲Umpil頒Balagtas獎，每次庚子級友會及十九屆都登報祝賀。老公在聯誼會並不是很活躍，卻能受諸位同學器重鼓勵，當年不曾登報言謝，真感遺憾。如今，藉此機會，向各位同學道謝，這也是我寫此文之用意。

今年十九屆慶祝五十週年，新任理事長施恭旗在該會就職典禮上，特邀請臺菲歌星演員表演助興，並當場以抽獎方式贈送往上海來回機票（招待參觀世博，包括膳宿旅遊）。之後，還特別優待贈送給幾位抽不到獎的同學。上海之行一共八十多人，為期五天。此乃「空前」之舉，羨煞了許多人。十九屆更令人「另眼相看」。

老公那天沒被抽到，非常失望。想不到事隔幾天，忽接到菲華詩人專欄作家、施恭旗特助——王勇的電話，說施恭旗要贈票給我們夫婦，真是天上掉下來的禮物！讓我們受寵若驚。時施恭旗人不在菲，不能向他言謝，回來後，親口在電話中邀請，電話掛上，老公一直嘀咕，他沒把我忘掉⋯⋯。

施恭旗與老公在學校讀書時，每逢休息時間，時常買三文治請老公。他倆又是足球伴。最近，輾轉聽到他向人家說，老公是他年少時的好朋友。真是難得，都已長得這麼「高」，還對這「小」朋友念念不忘。

我們於五月三十日出發，抵達上海，施恭旗與王勇已在機場迎接我們，他們還替那些行動不便的同學預備輪椅（有幾位同學在菲律賓已托旅行社安排）。在車上，還分發給每人一把印有「上好佳」（Oishi）的雨傘。

另蔡賢振個人也贈送每人一頂印有「中正十九」的鴨舌帽及摺扇。他的愛心令人欽佩。

五日觀摩行，兩日參觀「世博」，其他三日安排參訪「上好佳」總部，遊覽朱家角水鄉，夜遊黃埔江。招待我們在索菲特大酒店日本餐廳用餐，歡送會設宴於「荷馬天堂」雲南餐廳。每次坐在遊覽車上，供應飲料、點心。回菲時，在機場上分發每人一份「上好佳」的產品及「海寶」紀念品。總之，此次上海世博會觀摩行，讓我們享受到「上」級的招待，「好」的膳宿，品嚐美食「佳」餚。受施恭旗熱情的招待，藉此言謝，這也是我寫此文的原因。

回菲後，我們八十幾位被「招待」的同學，為答謝施恭旗的盛情，相邀設宴於富瑤大酒店表示一點心意。沒料，卻被林玉樹獨當一面作東，讓我們吃了一頓「霸王餐」。林玉樹也是一位很熱心的同學，謹此言謝。

十月十六日，聯誼會假馬加智香格里拉大旅社隆重舉行金禧慶典大會，並舉行《和諧之歌》音樂晚會。許多來自國外的同學都踴躍參加，施恭旗還招待他們到上海參觀世博。當晚又舉行抽獎節目。獎品除了由幾位前任理事長獻捐，施恭旗再次捐出一筆可觀的獎金讓同學們抽，讓同學們「皆大歡喜」。

十九屆金禧活動，舉辦得「有聲有色」，遂因施恭旗念情懷舊，他帶著滿懷「分享」的心理，把美好的一切分給同學……

十月十七日，章肇寧特設宴於世紀大酒店，邀請來自國外的幾十位戊組同學。其中除了謝偉念與陳長煙，好幾位多年離別，初之相逢，竟然還認出我這「媳婦」，且還能叫出我的名字，陳昭民還滔滔不絕的追憶當年老公追求我的二三事，真是感動！而一進餐廳就聽到陳金鳳與黃秀蓮連聲叫著：「錦華！來！坐我們旁邊。」叫得好親切好貼心呀！對我來說，這就是十九屆的親情……。

二〇一〇年

寫陳若莉

曾經「說」劉純真、「談」幽蘭、「讀」林素玲；如今，我要「寫」陳若莉，為她的《九華文集》喝彩。

猶記那年菲華文協慶祝十週年紀念，慶典會上，有位佳人在臺上吟唱林忠民先生的詩，她容顏雅秀，語音清朗，非常吸睛，這是我對若莉的印象。她是忠民先生尊夫人……。莊良有說：「若莉的父母給了她一張『顏如玉』的臉容，你第一次見到她，一定會多看她一眼，因為很美。」去年菲華作家組團到臺灣訪問，在僑委會副委員許振榮歡迎會上，跟我們同桌的馬臺珠專員一直望著坐在對面的若莉與忠民先生，不斷讚著：「好帥！好美！真是郎才美貌。」一時坐在一旁的謝馨，禁不住的站起來高唱：「若莉！若莉！我愛妳！」

前天，在一個慶典會上，若莉穿上一襲旗袍，氣質出眾，很有「大家閨秀」的風範，對著這位「偶像」，看了「千遍萬遍也不厭倦」……。

八十年代，菲華文藝復興，時常有文藝活動，時若莉剛從美國回菲定居，在菲華文壇並不很活躍，直到九十年代，她當了亞華作協菲分會秘書長……。莊良有說：「她對文藝滿懷熱情，除著作外，也為菲華文壇做了不少事，叫人難以忘懷的是她為亞華菲分會策劃『讀書會』格調之高，一般文藝講座都是一閃即逝，亞華『讀書會』則不然。當時，每一場研討會過後，報刊上必見有一篇篇迴響的文章，掮一股轟轟烈烈的文藝氣息，此在菲華文藝史上更是空前。該歸功於若莉做事有氣魄，有遠見。」

亞華基金會成立，忠民先生為董事長，若莉便隨著基金會兩岸資深作家致敬，贈送獎金獎牌。在其「作家身影」首輯中，寫出她見到心儀多年的作家的感受。司馬中原說：「九華在臺灣訪問過的女作家……在九華的筆下都寫的入木三分……初次和她們見面，就能憑藉她的直感印象，運用惜字如金的筆墨，頌文以誠，其絕世才情，我自歎弗如也。」

二〇〇四年，為「宏揚中華文化，啟發學生寫作興趣，提高寫作能力，栽培寫作人才」，若莉在忠民先生支持下，成立「華青文藝社」，更舉辦了「菲華文藝社第一屆現場作文比賽」。二〇〇六年在《聯合日報》發行第一期「華青園地」。夫婦出力出錢支持「敬老」、「培青」運動，最近又出版一本由徐迺翔主編的新詩散文卷——《二十世紀菲律賓華文文學》，對菲華文壇的貢獻，令人欽佩。施柳鶯說：「若莉與忠民先生結褵更結筆硯親，攜手相伴於文學的路上，風裏雲裏，或唐或宋，神州千島，都是她多情的目送與回眸。」

二〇〇五年，忠民先生、若莉、謝馨、王兆鏞、王自然、翁淑理與我們夫婦因「志同意合」，組織「三三讀書會」，每個月的第三個星期三，下午三點相聚，在一起讀書、品嚐美食……。若莉博學多聞，在會中，給我們許多各方面的資訊，讓我們受益不淺。若莉知道我跟忠民先生同是「高血糖族」，彼此常分享「降糖藥」與健康食品，還寄語說「心腦永健，好文不斷」來期望我們身心俱健，這種發自內心的關懷，令人感動。

《九華文集》是若莉的第一本著作，書中敘事寫人，談文說藝，都有深厚的內涵，讓人低迴神往……。

二〇一〇年

小店雜碎

心灰意冷

那天，跟老公在「小店」餐廳用午飯，鄰桌坐了四位菲漢，他們叫了好幾道菜餚，看他們吃的津津有味，我這做老闆的覺得很欣慰光彩。當他們要埋單，我轉頭一看，碟上還剩下四串ＢＢＱ，推測他們會叫工人打包，沒想到，拿到找錢，就一個個走出餐廳，看他們如此浪費，心裏好憤怒。不一會兒，一侍員拿著一個大盤子和抹布要來收拾桌面，我暗地裏替他高興，他多福氣，有四串不曾沾過的ＢＢＱ可加菜。出乎意料，他卻把它當垃圾扔進大盤子與用過的碗碟混在一起。眼巴巴的看他糟蹋食物，心裏好忿怒……。曾經因為廚房的工人把整鍋的「隔夜飯」丟掉不吃被我嚴厲責罵，如今……唉，工人如此難受教，真叫我心灰意冷。

尷尬

剛踏進「小店」大門，傳來一男人怒聲責罵：「為什麼現在才到？學生們已經等了好久。」我伸頭一看，原來是C烹飪學校的採貨員，老師示範需要的蔬菜及佐料，他都是在「小店」買的。而他正在指責一位供給我們蔬菜的H老闆。「小店」的蔬菜，來自許多方面，有直接從大雅臺菜園運來的，有我們到Divisoria採購的，也有我們的經理為了賺外快，每天凌晨四點到Bagsakan買來售賣的，而H老闆的蔬菜是來自Baguio。看情形，H老闆是在我的地盤做生意，觸犯「商業道德」。

我氣憤憤的走到餐廳一隅坐下，令工人把H老闆「請」來。當他走近，我疾言厲聲地說：「我不喜歡你所做的事。」他錯愕了一下，然後問：「我做了什麼？」我接腔：「你直接跟我的客戶打交道。」他失笑回答，便在我肩上拍拍：「蔡太太，妳誤會了。我是買妳從大雅臺來的蔬菜轉賣給他，賺點盈利，因向妳買要現款，而我是放他一個月帳期。」他又在我肩上拍拍：「不必掛意，我們生意交往這麼多年，絕不會做對不起妳的事。」經他解釋，我滿臉泛紅，瞠目語塞。我露出一個很「難看」的傻笑，一聲又一聲的賠不是，便趕緊叫工人拿了一匣中秋月餅送他，表示我的歉意。

還好，老公不在場，不然，他也要跟我一起「尷尬」。

誠意

「蔡太太！終於碰到妳了！我帶了一塊蛋糕，是我女兒做的，妳嘗嘗看，是否能在妳店裏上架？」我剛進「小店」，就遇到一位華婦迎接我，她逕自叫工人拿湯匙，便切下一小塊讓我嘗試，然後小心翼翼把放在便當匣的「樣本」蓋上。我一向抱著「來者是客」的態度善待招買者，但面對「小氣」的她，我「大方」不起來。

有兩位姐妹，非常勤快，利用接送孩子上課的時間，到「小店」推銷食品，她們是到山頂州府尋找當地的特產來賣我們的。看姐妹倆親自開車，親自送貨，心裏好不捨。每次碰到她們，我會趕快叫工人拿飲料讓她們解渴。如果有了新產品，她們都會很「慷慨」的讓我們嘗試，且留下幾包給工人分享。姐妹倆的「誠意」，讓我很樂意的向她們訂貨。

有家入口商，跟我們交往多年，每次運入新貨，都會叫他的推銷員帶了大包小包的樣本來招買，有次，老公指著一包餅乾問推銷員，可嘗嘗看嗎？他很率直的說，老闆吩咐，讓你們看看而已。老公嘲笑，那麼叫你老闆以後不必「罰」你帶這麼多樣本（他是坐公車的），帶照片就可以了。

前天，一員工拿了三匣巧克力糖果的樣本，說是他母親做的，每匣價錢九十塊，讓我們嘗試能否在「小店」出售。員工一下子就拿三匣樣本，我不忍心接受，且包裝又很精緻，我捨不得打開。我告訴他把糖果上架試賣，如果一星期內賣出去，就向他訂貨。結果不到一星期就賣光，付錢給他時，喜笑顏開，連聲感謝。

「小店」賣的食品幾百種，幾乎每天都有推銷員來招買，有的食品價錢數佰元，怎能「送」樣本。其實，樣本留下否？不重要，我們最在乎的是招商的「誠意」。

自責

一位母親帶著一個六、七歲的孩子走進「小店」，母親逕自忙著購買，孩子逛來逛去，我正跟客戶寒暄，突然看到那孩子從架上拿了一包糖果塞入口袋裏，一時不知所措，正猶豫是否阻止他？該不該告訴他母親？孩子已遛出門外。

事後，一直為此事耿耿於懷，「自責」沒有即刻開導他……。

裝聾作啞

星期日的一個早上，老公跟我如常到「小店」巡視業務。一進門，跟一些穿著運動裝的少男少女擦身而過，他們剛用完早餐。瞬間，突然聽到一員工喊叫：「快追！把他們攔住！」我急問：「發生了什麼事？」員工皺眉回應：「他們把桌上的兩個紙巾匣帶走了。」（紙巾匣子是進口的，很精緻，市面上不賣，只售給餐業者，一個價值兩百五十塊）。正要追究下去，跑出去攔住客戶的工人回來報告：「Ma'am！追不上，已經坐車子跑掉了！他們都是『引叔』（菲律賓對華人的稱呼）哩！」在眾目睽睽之下，我只有「裝聾作啞」。

生錢的氣

有次，到一家超級市場，付錢的時候，聽到一個工人向他旁邊的同工說：「Galit sa pera iyan」（她生錢的氣）。他手指指向一位穿著華貴的婦女，一司機兩女傭在旁幫她推三輛裝滿貨物的推車，我才悟出他的話意。這工人對金錢的觀念，著實讓我「心悅誠服」。

可是，有次，走進「小店」時，看到一枚電燈泡放在餅乾架上，很奇怪的詰問工人，一員工挺身回答，是大門前用的，因晚上休業關門後，怕被人偷走，所以把它拿下放在店裏。「應該收藏在櫃檯才是。」我說。然後問：「萬一不小心被打破，你知道這電燈泡值多少錢？」員工毫無遲疑回答：「『只』兩佰五十塊而已」。好大的口氣！白眼訓斥他，便學著他拉長嗓子：「兩佰五十塊而已」。心裏嘀咕，難道你也生錢的氣？

二〇一〇年

佳作（二）

剛出版的House Keeping Magazine裏面有一篇專題小品——Kids central seeing the world from the point of view（兒童中心——從見解看世界），是由讀者投稿的。大媳婦也踴躍參加，她如此寫著——

有次，等著丈夫開會時，我跟兒子到附近一家市場逛。我們走進一家叫 Egg（Exciting Gifts and Goodies）的商店，在裏面轉了一圈，兒子突然開腔提問：媽！外面寫著Egg，裏面為什麼不賣Egg？（寄自Veh Chua——五歲Milh的母親）。

Milh是我的大孫子，中文名叫「佳作」，從小喜歡發問，時常把大人問得啼笑皆非。去年，颱風Ondoy襲菲，五小叔遇難身亡，大兒子向佳作說：「Patay na ang kapatid ni angkong。」（阿公的Kapatid死了）。Kapatid為菲語，兄弟姐妹總稱。

事隔不久，佳作在我們的「小店」遇到他大姑婆，他父親介紹：「叫大姑婆，她是阿公的Kapatid。」佳作定睛看著大姑婆，愕然發問：「你不是死了嗎？」我忙解圍：「是另一個Kapatid。」童言無忌，只見大姑勉強一笑。

佳作四歲時，有次，在我們家用飯後，逕自拿著杯子與湯匙，邊敲邊發令：

「阿公吻阿嬤，」阿公乖乖聽話。

「爸爸吻媽媽。」爸爸不敢違旨。

「阿叔吻阿嬸。」阿叔微笑順從。

之後，便把杯子與湯匙交給他父親：「該你了！」當他父親輕輕敲著杯子時，佳作捷足走向他阿姑，在她臉上親切的留下一個烙印，他阿姑緊緊的把他抱入懷裏……。

正當大家沉醉在這感動溫馨的畫面，佳作突然把他阿姑推開，一副苦瓜臉：「不過，我不要跟你睡在一起！」這孫子好天真喲！

是去年的事，有次我問他：「阿嬤與外婆，你比較喜歡誰？」他毫無遲疑的回答：「外婆，Cause she's nice。」「那阿嬤呢？」我緊張的問。「一點點，」他很瀟灑的回答。

老公感覺不是味道，趕忙安慰：「這孩子很頑皮，他是故意的。」事後，我心酸酸的向兒子「告狀」，兒子尷尬的搖搖頭……。

隔幾天，佳作跟他爸媽到我家，一進門，就飛也似的撲入我懷裏，親切的撫摸著我的臉說：「阿嬤！你很美。」看我沒有反應，隨即接腔：「我說你很美，這樣就會讓外婆傷心。」上次被他父親斥罵傷了我的心，如今竟然以花言巧語來安撫我。雖然他的圓滑是承襲他阿公，我還是提醒兒、媳要好好開導他……。

大媳婦曾經是某僑校的副訓育主任，所以管教佳作特別嚴格：三歲就讓他自己吃，四歲教他自己穿衣換鞋。上課的日子不可看電視玩電腦，課餘時間讓他看課外書。有次到他家，他母親拿了一本故事書叫他朗讀給我們聽，每有難字不解，他就拿兒童字典起來查看。他會跟大人玩小說接力哩！四歲兩個月就考進光啟學校（該校入學學齡規定四歲半足）。佳作雖聰慧，可脾氣很壞，喜歡使性子。在學校，學業成績都是「Excellent」，可品行只得「Satisfactory」。

今年八月，兒女為我慶祝七十歲生日，佳作帶動全堂親友起來祈禱祝福，便上臺朗誦他爸爸為他寫給我的一首詩，詩是寫在Ipad上，由他一字一句朗讀，發音準確，臺風穩健，親友莫不讚歎，讓我這阿嬤引以為傲！

每星期日，我們這「飯糰之家」總是在「小店」用午餐……。

有次，佳作一進門，就直接到櫃檯巡視，責問工人：「誰在睡覺？讓我看到，隨即向阿嬤告狀。」語氣雖兇惡，卻讓工人們捧腹大笑。

又有一次，在餐廳吃了一半，就匆匆跑到櫃檯喰聲：「剛才站著十個人，現在怎麼只剩下兩個人？那些人跑到那裏去了？」如此威風，工人們莫不敬他三分。

還有一次，他在用飯時，看到桌面污穢，剛好一員工從他身邊經過，他便問我那工人的名字，然後呼喚：「Toto，拿抹布來擦。」五歲的佳作，管教工人的語氣、架式，真像他阿嬤……。

最近一次，看到餐廳饕客寥寥無幾，他附耳向我說：「阿嬤！今天一定沒有Bunos（花紅）。」

「小店」每天的收入，如超越指定的額數，工人那天可分享到花紅。佳作的母親每天在家裏結帳後，會打電話通知經理分發。這小鬼精，好厲害，竟然把他母親的工作學到家。

自從佳作上學讀書，老公與我再不能像從前每天到他家，只能以星期六去看他。他記憶好，有次，是星期四，我打電話給他，說我好想他，他竟然安慰我：「阿嬤，今天是星期四，明天是星期五，再下去是星期六，我們就要見面了……。」

是一個星期六，老公與我如常到他家，一進門，大媳婦問我們可否代他照顧佳作一下（她沒僱幫傭）？她要到附近買藥，立刻回來。我們坐在廳裏看電視，那天天氣很熱，我叫佳作扭轉電扇，他卻很機智的回應，叫我們到臥房看電視，便拿遙控機為我們開放冷氣。然後問：「阿公！你可以打手機給我媽嗎？我有話要向她說。」手機接上，以大人的口氣向他母親報告：「媽！我帶阿公阿嬤到房裏看電視，還替他們開了冷氣。」老公與我互遞眼色，不禁莞爾……。

最近，我們到Power Plants逛，正預備上車回家，佳作突然喊道：「阿姑！你答應過要買玩具給我！」大家一時怔住，因為我們已經在停車場。女兒為了不讓侄兒失望，趕忙問她嫂子玩具店在那裏？佳作隨時回答：「我知道！」便拉著阿姑的手往上跑。

到了玩具店，佳作問他阿姑身上帶多少錢，阿姑告訴他只有兩百塊錢，他一貓腰鑽入玩具店一隅，從架上拿下一個價值一百四十五塊的小車子給阿姑：「這個可以嗎？」阿姑點頭後佳作便指示她到櫃檯付錢，別讓人家以為是小偷。

上星期日，「小店」工人慶祝聖誕節，會中除了舉行唱歌跳舞比賽，還有抽獎節目助興。五十二個工人，每個人都有得獎的機會，由我拿著獎品，佳作從小罐裏抽出工人的名字。當我拿著一個飯鍋，而他唱出一個叫Nita的名字時，他突然在麥可風嗆聲：「不可以！不可以！大家都可以，只有Nita……。」一時哄堂大笑。原來這叫Nita的，每次佳作到「小店」總喜歡戲弄他。這小傢夥，竟然乘機報復。

當抽獎節目繼續進行時，臺下突然傳來杯子摔破的聲音，佳作看到是他堂弟Mac把杯子擲碎，急問站在他旁邊的阿姑：「有沒有受傷？」等不及阿姑回答就把麥可風交給她，逕自跑到Mac坐的位置，很關心的問保母：「他ＯＫ嗎？」如此動作，大家莫不為之感動。

我還有一個孫子，叫Mac，是老么的兒子，今年一歲多，老公跟我每天都會去看他，他還不會說話，可每次看到我們，就搖手笑著迎接，然後做出一些動作逗我們笑，讓我們感受到含飴弄孫的樂趣。以後，我也會伏案爬格子寫他，因為「講」孫子，是我晚年的一種享受。

二〇一一年

童言：無忌

一

最近在一個宴會上遇到摯友欣荷，一見面就向我說看到我在報上寫孫子佳作的文章，接著向我娓娓講起她動聽的「阿嬤經」。她說，有次她們舉家到Tiendesitas遊樂場，路經花市時，車子突然堵塞排長龍，大家正不知何來的人潮讓車子癱瘓，她兒子突然悟出：原來明天是情人節，大家都是來買花的。她五歲的小孫女聽了嚷道：「爸！把車子停在路邊，我要買花送阿公。」欣荷沒想到小孫女對已故的阿公這麼深情懷念，便故意向她撒嬌：「妳要送花給死去的阿公，怎麼不送阿嬤？」小孫女毫無遲疑的回答：「阿嬤！妳死後我會送的。」

二

老大的同事K，有次帶妻小到「鞋市」逛，他七歲的女兒看上一雙紅色的鞋子，要K買給她。K向女兒婉轉解說，學校不會允許妳穿這鞋子上課，買下太浪費。K不讓女兒驕縱，費盡唇舌說服開導，然，不懂事的女兒仍吵鬧不休，竟然大哭起來，她狠狠的看著父親，然後向母親問道：「媽！爸爸什麼時候會死？」

三

昨天晚上，老大正預備上床睡覺，五歲的兒子——佳作，突然撲入他懷裏：「爸！讓我緊抱你，你死後我才會永遠記住你！」

二〇一一年

心情七十

去年六月，跟老公到青山區商場逛，不小心在梯階間失足摔跤，在地上翻兩轉就癱瘓不能動彈，老公費盡牛虎之力也無能把我扶起，因為每當我一動，大腿就陣陣抽痛，痛得讓我忍不住呼痛大叫，害得圍觀者忙翻，有的趕快從店裏搬出凳子，有的急忙拿冰塊……。商場負責員隨即打電話叫救護車，用擔架把我送到醫院。經過X光檢驗，顯示髖骨有一道裂痕，雖不必住院，卻需在家裏臥床休養，直到傷痕痊癒。兩個多月，靠枴杖及輪椅行動。幸虧髖骨沒有斷裂，真是不幸中之大幸呀！

三年前，就發現膝蓋的軟骨已磨損，醫生叫我先做復健治療，如果沒有改善，需動手術。治療期間，在復健室常常有病人因忍不住痛楚而呻吟叫苦，我聽了好難過，心情隨之跌下谷底……。老公怕影響我的心理，便辭掉復健治療，跟我一齊到健身社報名。在那裏，無論是環境或氣氛，總覺得身心愉快，神清氣爽。為了怕「病魔」纏身，我倆每星期很勤快的上健身社「求援保健」。

孔子曰：「七十而從心所欲，不逾矩」。幾年來，跌跤好幾次，且有過兩次拄枴杖的記錄。儘管醫生「警誡」我不要穿高跟鞋，親友「勸告」，子女「反對」，我這七老八十的老太婆，自小愛美成癡，把他們的「話」都當成耳邊風，依然與高跟鞋「難分難捨」……。

八月過七十歲生日，兒女、媳婦為我設宴請了幾位親友慶祝沖喜，希望能替我除厄運，祈平安……，他們的一片孝心，讓我好感動。

兒女三個，都從事電腦業，女兒還跟她幾位朋友合夥進口泰國飲料。他們對工作都很認真專注，刻苦耐勞，繳出的事業成績單都讓我們為父母的很欣慰。兩個媳婦一進門，我就視她們如親生女兒：然，我這當婆婆的，「廚藝」不夠精粹，始終打不進她們的胃口。不知是我的幻覺抑是我太敏感，總覺得我們之間有一堵「隱形」的牆……。跟婆婆相處將近四十載，感情如母女，一直希望跟媳婦的關係也能如此，老公每每看到我為此事納悶，總勸我不要太「奢求」，時代不同，我應該懂得適應。

最近翻閱星雲法師的著作《迷悟之間》中的〈婆媳與母女〉一文，文中如此寫著：「母女的關係，是相互身上的一塊肉，媳婦終究是從別姓人家娶過來的，何況自己最親愛的兒子完全被她佔有，婆媳的關係就已經埋下了陷阱、危機。因此，母女也好，婆媳也好，總要把這種相互的關係透徹的認清，彼此才好相處。世界上也有母女關係不和諧的，也有婆媳彼此親愛勝於母女的。但是，人與人之間的相處之道，一個碗不會有聲音，兩個碗才會叮噹響。」讀完這篇文章，讓我享用了一席「心靈饗宴」，也悟出了婆媳關係之道。

兩個媳婦都在我們「小店」掌理出納，讓我倆輕鬆清閒享受晚年。我們一家每星期日固定在「小店」聚餐，假日到郊外玩，每年定期出國旅遊，常常自豪有個「飯糰之家」。

與老公住在一屋簷下將近半世紀，生活旅程如他在我的著作《時間之梯》寫著：「在風雨中，一起過馬路、闖紅燈、結伴人間」。

十年前，夫婦創設「小店」，以潤餅為招牌菜，我們慘澹經營，努力打拼。在美食專欄作家推薦與肯定下，買潤餅的人紛至沓來，而「小店」的名氣不脛而走，因而屢次被訪問、登報、上電視……。做了三十多年的「大眾煮婦」終於圓了當「傳培梅」夢。

寫作三十多年，寫了一百多篇文章，得過兩次散文獎，有了兩本著作——《時間之梯》、《異夢同床》（與月曲了合著），親友圈中略負「作家」的虛名，心裏覺得很舒暢愉快。

十年來，母親、香港母親、婆婆、弟弟、大哥、舅舅、五小叔，相繼離世。「死別」的感受很沉痛。母親、香港母親、婆婆、大哥、舅舅都因病而逝，多少有心理準備。弟弟猝死於家中，五小叔因颱風Ondoy遇難身亡，噩耗來得太突然，很難接受。弟弟往生時，適正為老么辦喜事，因怕喜喪相沖，大哥囑我不要參與喪事。不能見到弟弟最後一面，成了我這幾年心上一個隱匿的傷口……。

活到這把年齡，最怕「健康」亮紅燈，兩年來，老公因大腸潰瘍復發，兩次住院，而我又因跌跤、血壓突然降低，兩次被送入急診室。如今，夫婦每星期都要跟醫生「約會」，讓兒女們為我們操心，特別是女兒，每當我們生病，無論在家裏或病房，她都會在地上「打舖」陪我們，視察我們的病情。女兒至今未嫁，讓我們心情好「沉重」，一直期待有人來跟她結伴，好讓我們無牽掛的「收攤」……。

當年過五十，就有老之將至之恐懼，為了「拒絕」老年，曾經挨刀整容。如今，站在七十邊緣，即使用盡時尚高科技的整容術，也喚不回「逝」去的青春，行路要靠人扶持，更現出「老態」……。

患上高血糖症已經三十多年，每天除了服藥還要打針，本來也是高血壓病患，不知怎樣，突然轉變為低血壓族。七十老太婆，一身都是病，頭昏腦漲、耳聾、目乾燥、肺有疤痕（曾經被肺臟醫生誤判得肺癌），心臟大、胃酸、膽結石、腎包囊、骨質疏鬆，還得了嚴重的風濕病，每天都跟「死神」拔河，還好，有老公在旁為我「加油」！

如今，最大的樂趣是與外子共享含飴弄孫之樂……。

二〇一一年

甜的眼淚

老大從小就是個很聽話的孩子，他從來不會無理取鬧。三歲就會認字，乖巧可愛，討人喜歡。七歲時跟他五歲的妹妹一起上學讀書，他們是由校車接送，不僅會替妹妹拿書包，在車上還讓她坐在大腿上，照顧得無微不至，讓司機、家長、老師們讚許不已。

在班裏，雖不是名列前茅，卻頗得師長們賞識。他生性老實忠直，有次老師把他的考卷誤打滿分，他隨即向老師報告。成年時，曾經因不小心誤闖單行道，被警察逮捕向他收賄了事，他卻堅持要警察開罰單，不容許他為非作歹。

從小就喜歡書，中學時代就把全套的Book of Knowledge看完。因為他時常熬夜閱讀，因此我每天晚上都要到他房間巡視，替他關熄燈，催他睡覺，結果被我發現他竟然鑽進棉被裏持著手電筒看書，難怪年紀輕輕的就要戴眼鏡。他非常熱愛當時暢銷的Star Trek科幻小說，每次新集上架，總會搶先採購，甚至拜託親友到國外買。當Star Trek被搬上銀幕，對著影片，聽著演員的對詞，他會一字不漏的娓娓接腔。

大學畢業亞典耀，拿了兩個學位——Chemistry、Computer Engineeting。在學校很活躍，帶動華生同學組織華生會。畢業後隨即被學校聘用當助教，同時被一大化學公司錄取僱用。由於對工作專注認真，被老闆信任器重當他的特助。老闆在郊外開發一片旅遊勝地，還犒賞他一小小股份。

就在那時，他利用休閒時間參加Toastmaster Club（演講會）。曾經參加該會舉辦的全菲演講比賽獲得第一名。二〇〇四年被選任 Philippine Toastmaster Club的Governor，並於隔年獲選為World Toastmaster Club President Distinguish No.1（2004~2005），還親自到加拿大領獎。

在化學公司做了九年，他便離職與他兩位中學時代的同學合夥做電腦業。老大從白領族轉變老闆，是以他九年儲蓄下來的「血本錢」拼來的。孔夫子曰：「三十而立」，老大二十九歲自己創業，讓我們很欣慰，只是……

有次跟老公到馬加致商場逛，自人潮中看到一個推著裝放電腦的推車迎面而來，滿頭大汗，肩上披汗巾……。沒有看錯吧？是老大呀！瞬間，怔住發呆，當老闆的老大怎麼會是一個送貨員工？他看到我們，不僅沒有覺得尷尬，還堆著一臉甜甜的笑容向我們打招呼：「嗨！爸、媽！來逛嗎？我正要送貨到ＸＸ公司。」說完就匆匆往前走……。我回頭看著他被汗水濕透的T恤，心裏好不捨，當他的背影悄悄消失，我的整顆心突然糾結，數千根針戳扎，陣陣抽痛……。

想起他當白領族時，每天上班，不是一襲長袖襯衫結領帶，就是穿著Barong Tagalog（菲裝），多麼瀟灑，多麼神氣！如今，當了老闆卻「落魄」到如此邋遢，心中的寒久久不散，淚珠像斷線的珠子般掉落……。

如今，老大跟兩位同學合夥經營的電腦業已十五年了，「三合一」的互動、團結使他們有了小小的成就。最近，輾轉聽到兩位股東人對老大的評語——自然隨性，瀟灑不計較。我的心裏散著暖暖的溫馨，淚水不禁湧滿眼眶，是——甜的眼淚……。

二〇一一年

又是一場夢魘

十一年前的那場夢魘讓我心驚肉跳
十一年後的這場夢魘使我身心崩潰

十一年前，外子罹患大腸潰瘍，醫生說這病症通常在西方才有，東方很罕見，所以特別設立緊急小組專門研究外子的病症。研究結果，建議進行大腸重建手術，惟成功率50/50。正當醫生等著我的決定的前夕，當我在誦念「大悲咒」的時候，外子突然自睡眠中驚醒，他說看到整個房子散發著黃色的光……。而當時病房只有他床上的一盞小燈亮著。

隔日醫生一早到病房，告訴我們昨晚他們研究小組再次開會，決定暫時讓外子出院，先服藥控制大腸發炎，兩個月後再考慮要不要動手術。

出院後，我們更不釋的持誦「大悲咒」，深信它「能除一切災難以及諸惡病患，成就一切佈畏」。此時，適巧大姐從臺灣旅遊回來，送我們一本她自寺廟取到的《聖德治病秘方》，書中竟有醫治大腸潰瘍的藥方。真是「天意」呀！服了三帖，再到醫院做大腸窺視鏡檢驗，病症竟然已痊癒。醫生幾乎不敢相信，連聲感歎：「是奇蹟！是奇蹟！」

這是十一年前讓我心驚肉跳的一場夢魘……。

事隔八年，也就是兩年前，外子的「老毛病」復發，時經親友介紹胃腸專科醫生施彼得，做了胃腸窺視鏡檢驗，發現外子的大腸潰爛紅腫，還好，已經有新藥可治療此病症，果真服了兩個月就痊癒。

去年十月，外子開始抱怨腳痠背痛，以為是普通的肌肉痛，幾乎每天晚上都要叫按摩師來家裏服務。十二月，外子因便秘肚子常常不舒服，經施醫生再復驗，發現他的大腸結核，還好是屬良性，叫我們放心。時我們全家正預備要到新加坡渡假，問施醫生可否進行？他毫無遲疑的點頭，便說他會讓外子服用類固醇（激發素），幫助增加藥性的效力。

新加坡回來，外子因腹疾又找施醫生門診，復驗結果，大腸潰瘍又開始復發，因口服類固醇效果比較緩慢，令外子住院施注射於點滴。出院後，乃繼續口服類固醇。

類固醇不僅讓外子身心輕鬆，還激發他寫詩的靈感。讓他每天晚上很「興奮」的伏案寫詩、練書法。那段日子，寫了五首詩，好幾張書法，還把它們入框掛在「小店」、家裏炫耀。

四月二十六號凌晨兩點，我剛看完重播的「夜市人生」，正在睡眠中的外子，突然全身發抖，牙齒打顫動，臉色發白……。趕緊把他送進急診室，驗出他的血紅素降得很低，四小叔景明醫生叫外子住院輸血。

親友聽說他住院，紛紛打電話來慰問，可醫生吩咐，外子的免疫力很弱，盡量「閉門謝客」。住院第二天的下午，若莉推著坐在輪椅上的林忠民先生來病房，一進門，若莉就說，他一直吵著要來，一定要看到月曲了才安心。林先生忙接腔，我在門口就好，替月曲了祈禱後就走……。他眼睛泛紅，哽咽的念著：「主耶穌，月曲了是個好人，爾要祝福他早日恢復健康……。」躺在床上的外子感動的泣不成聲，而若莉與我禁不住的擁抱哭成一團。

五月十八號做定期檢驗時，外子向施醫生抱怨腰痠背痛，施醫生說是類固醇的副作用，叫他做骨質密度測驗，檢驗報告出來後，骨質密度不足，骨髓不能製造血，需住院輸血。外子在半個月時間，一共輸入四包血液。

被病魔折騰半年多，外子因身心受不起，消瘦十幾磅。他變得很酷，常常發脾氣，時時一個人無精打采的坐在沙發上，偶而哼著「家後」的歌詞：「少年就跟妳跟到老，人情世事已經看透透，誰人比妳更重要……讓妳先走，因為我會嘸甘看妳為我目屎流……。」每每聽到他悲酸的歌聲，我都會偷偷啜泣。晚上睡覺，整夜唉聲歎氣，問他什麼不舒服，總是搖頭的緊握我的手……四小叔說他患上憂鬱症。

五月二十三號，外子因大便帶血，叫我託住在市內的三姐為他買三帖「秘方」。第三天，服了兩帖，隨即痊癒。

五月二十七日凌晨四點，被外子高聲的呼喚驚醒，只見他癱瘓的躺在地上站不起來，驚惶的叫住在隔壁的三叔與三元侄兒，把他扶起送進急診室。四小叔叫外子住院做地毯式檢驗，而施彼得醫生，因怕是大腸核變性，再次替外子做大腸窺視鏡檢驗。診斷結果，大腸潰瘍已痊癒，腫瘤也已消失不見。

經過各種各式診察，發現外子從腹部向右腿的主動脈有一顆6.5cm的瘤，且有瘀血，大動脈瘤需動手術切除，不過要先注射藥讓瘀血稀疏才能進行。四小叔說大動脈瘤是無法立即篩檢出來的病症，這次無意間發現，是不幸中之大幸呀！

四小叔是心臟專家，他是屬內科的，他介紹一位年青有為目前很有名氣的Nelson

Lee醫生，他是心臟脈管外科專家。四小叔告訴我是小手術，只在大腿上開了一個小洞，叫我不必擔心掛意。後來我才知道，手術之前，他曾經跟兒女們開過會，向他們講解手術的情況，且告訴他們，這次手術非等閒之事⋯⋯。

六月一日晚上十一點多，剛替病人做完手術的Lee醫生來病房，向外子陳述手術的程序，他說先剖腹，然後在左右大腿開刀，把右腿的腫瘤切除，然後接上人造血管⋯⋯。他越講我越模糊，四小叔不是說只在大腿開一小洞？女兒看我臉容失色，在我肩背輕輕拍拍安撫。在外子面前，我不敢向醫生追問。

Lee醫生很謹慎的把前幾天驗血的報告再過眼一遍，發現五月卅日的紀錄，外子的鈣質很低，令護士徹夜注射補充鈣質。

女兒拿著舍妹蘭西從Miraculous Infant Jesus De Providencia取來的聖油抹在外子腹上（她在醫院「打地鋪」睡覺陪著我們），握著外子的手誦經⋯⋯。而我卻用被子遮蓋我的臉，偷偷哭泣的誦念「大悲咒」。

六月二日凌晨五點，老大老么趕來醫院，大媳婦因沒有僱幫傭要照顧孫子佳作，二媳婦挺著大肚子都不能來。外子看我坐在沙發上發楞，催我趕快打扮，因一會兒服務生要來接他上手術室。六點十五分，我們跟著服務生一起送外子到手術室，在門口，我叫老么向他老爸說「加油」（加油是外子替老么的兒子取的名字），當老么脫口：「爸！加油」外子微笑點頭，我在他額上輕輕一吻，他依依不捨的一直轉頭看我們……。

我們回病房等候，一會兒，四小叔、舍妹、二小姑，還有，外子從小到老相知相惜的好友——謝偉念都趕來，四小叔因感冒沒有進手術室，不過一直以手機跟Lee醫生的助手聯絡。

三個多小時的手術終於順利完成，四小叔說一共輸入九包血，我聽了身心崩潰，外子流出這麼多血，撐得住嗎？Lee醫生走出手術室時，把他拍下的大腫瘤拿給我們看，他說，很幸運，及時開刀，它已將近爆裂……。

我們心急如焚的在病房等著外子從復健室移進加護房，熬到晚上十一點，看護才通知我們可以到加護房探視外子。我們趕快到電梯門口等他。門一開，老么趕忙用Ipad替外子留下停格，看到我們，外子眼淚垂下，兒女上前撫慰他，我緊握他的手。外子跟病魔打了一場硬仗，死裏逃生，鼻、頸、手、背、大腿都插著各種導管，我看了好不捨，淚水涔涔而下……。

外子在加護房的第二天下午，王兆鏞、王自然夫婦到病房來看我，帶了兩本《藥師琉璃光如來本願功德經》給我，便與我一齊誦念饋贈給外子，祈求他能早日康復，且囑我回家後每天要在佛壇持誦……。夫婦倆是難得的朋友。第三天一早就到加護房探視外子，他向我抱怨前兩天的兩位「資深」特別看護，對他不和善，且動作很粗魯，新來的這位（年輕），比較溫柔體貼……。我們聊了一會兒，我不知不覺的打瞌睡，外子叫我回房間休息。這幾天，我的血壓昇到160/90度，血糖降到120單位（十幾年來最低），身體有點撐不住……。才睡下不久，特別看護突然來電話，說外子要我到加護房一趟。到了加護房，外子拿了一張南無阿彌陀佛像及一本小小精緻的《大悲咒》給我，說是小華送的，她剛走。外子幾次住院，小華要到醫院探病，每次都給我辭掉。早上一早打電話來問外子病情，知道加護房上午九點開放，趕緊來看外子。手術後，小華是第一位來探病……。

小華走後不久，若莉到病房找我，我帶她到加護房看外子。住院兩星期，她每隔幾天就來為外子祈禱，不僅掛意外子的病情，還關懷我的身體，拿維他命為我進補，叫我堅強勇敢，注意保健，才有健康的資本照顧外子。

摯友謝偉念及妻曾雅緻來訪，劫後餘生，再見到好友，感慨萬千，伸出手與他擊掌，彼此眼眶含淚……。

手術後第三天，Lee醫生的助手來病房替外子把插進頸部（視察心臟的血壓）及脊椎骨（注射麻藥）的導管抽出來，看到外子因忍不住痛苦而流涕，我心如刀割……。

那天下午，小華、君君、純真相邀來訪，她們走後，千島詩友施文志、蔡銘、莊杰森、小鈞、王仲煌也相約而來，接著，親家公尤扶西、親家母吳金珠及女兒Shirley也來到，整個房間頓然熱鬧起來，外子笑逐顏開，跟大家有說有笑。手術後，第一次看到他臉露喜色……。

出院前夕，杜瑞萍獨自冒雨來看外子。當她走近病床，外子突然撲入她懷裏嚎啕大哭，哭的像孩子似的，我被他突如其來的舉動怔住，禁不住也垂淚，瑞萍拭著眼淚，拿了一個大紅包給我，以「大姐」的口氣叫我為外子進補。她走後，外子向我吐露，當瑞萍走靠床邊，他「以為」是母親來看他……。七十歲老人，在病中還像孩子似的渴望著母親的關懷。

出院後第二天，吳新鈿與林秀心夫婦，兩位老人家自身行動不便，各拄著枴杖來關心外子，此情此意，讓我們好感動……。

住院兩星期，親友同窗或到醫院探病，或打電話慰問，送補品，為外子祈禱、誦經、點燈、捐血（侄兒祖庇、立夫、外甥友田、甥婿安宏、阿記及其弟弟），讓我們感到親情、友情的溫暖……。

經過這場硬仗，外子心力交瘁，消瘦了三十磅。他每天頹喪歎氣，悶悶不樂，我常常以一位作家的話來鼓勵他：「勇敢是悲傷的解藥，樂觀才是生命應有的姿態，愛和感恩更是重生的力量」。

外子這條命是撿回來的，希望他好好珍惜，提起精神，把那「恐怖」的陰影忘掉，早日恢復健康。期待他振筆寫詩……。

二〇一一年

鏡內

Mia！Mi-A！我這麼大聲的呼喚，你聽到了沒有？「你是去了那裏？」你說過，你不會先我而走，因為我事事依賴你，沒有你，我一定很可憐的。你常常哼著：「等待返去的時陣若到，我會讓你先走，因為我會嘸甘看你為我目屎流……」（臺語歌）。如今，為什麼又這麼「狠心」的離開我？我怎麼辦了？我真的不知怎麼辦呀！小華在《音容宛在我心中》如此寫著：「她依靠你成慣性，一時失去舵手，必然惶恐失措。」劉純真述：「君君說過好幾次，他們夫婦這麼相親相愛，假如有一天，一人先走了，留下的人怎麼辦？」

七月十一日凌晨兩點多，你三聲「Um! Um! Um!」把我從睡眠中驚醒，你，就這樣噢咻的向我告別，一句話也沒說，讓我傷心欲絕——「子時／房間曠野裏／四周城牆／靜成十方蔚藍／我看見／往事波動／一泓碧水蕩向遠方求索／你／大嘯一聲／劃壁離

去」（王仲煌）

欣荷歎：「你不會捨得放棄一生的守護／因為她是你的『家後』／凌晨最後一聲歎息／你的／痛／冷了她的心……／燈熄之後／敞開著傷口／靜靜等候／等時間回頭。」

你突然的離去，親友驚動，文壇震悼……「揪心噩耗傳來／起驚雷／星墜南天詩苑失英才……」（弄潮兒）

「大詩人月曲了逝世使穎洲一顆心沉了下去」（龍傳仁）

學無涯輓：「菲華文壇的損失。」

蔡銘不信你會把「完美如詩篇／你認真創造的人生／就此定稿」，他還說：「這次你另類的演繹／很晦澀／我讀不懂／我不願懂」

蘇榮超「不敢問風／問雨／也怕／問藍天白雲／卻想問你／死別這道人生試題／我們該如何／解？」

在急診室看著醫生一次又一次的為你施行心肺復甦術，替你一而再的打強心針，我好無奈，好無助的跪在地上呼天搶地的禱告……當偉念（心臟專家四小叔）向我說要請神父來……我崩潰的跑到你床邊，喚你、抱你、吻你，求你，求你不要丟下我。當年甜蜜熱情的《初吻》，如今卻留下殘酷冰冷的「吻別」……「時針停在凌晨四時二十三分

／你輕撫冷卻的歲月／在分離線上／掙扎／而狂飲／夕陽／月曲了／夜／漸漸／枯萎／在她的／掌／心」（浩青）

最近，不知怎樣的，我倆常常不忌諱的談起「死」，你說，再活十年，夠了！不必奢求……你提議死後火化，然後把骨灰撒在海中，我默然，卻「撒嬌」的要求你，如我先你而走，入殮之前，你要深深的吻我一下。你卻笑著說，我還會緊抱你，陪你睡片刻……你走後隔日凌晨四點多，相鈺因聽到我在睡眠中一直呼喚你的名字，把我搖醒，當她發現我整身冷冰冰的，哭泣的把我抱入懷裏說，爸來過……Mia！我的「枕邊詩人」呀！你果真「信守諾言」！

從此，「房間曠野／只有時間之梯／夢的租界／只有月曲了／同夢異床／如孿生」（施文志）

一樂云：「『天色已靜』，他仍弓著身子／賞析／那『床』上的／『異夢』」

而小鈞曰：「月雖曲了／已靜的天色／曠野的房間／顯得更月亮」

你因一直抱怨腰痠腿痛，於五月二十七日住院做各種各式的檢查，發現你右腿上有顆六公分的瘤，隨即於六月二日動手術。在上天保佑，親友祈福下，你安然渡過這隨時可奪命的大手術，這是你今年第四次與病魔搏鬥，住院期間，朋友對你的關懷愛護讓你感慨萬千，你說這一病朋友變親人，出院後，要慶祝「再生」並好好答謝他們。兒女說你生日在即，不如來個生日宴會慶祝感恩。你卻說不要大事舖張，只想以分批分期方式邀請……大家正慶幸你又打勝了一場硬仗，你卻於手術後三十八天撒手人寰。蘇劍虹謂：「你與命運拔河／驀然／你／神龍不見首／在生命的／另一端／與李白飲酒論詩／斟酌／古今／新舊的／詩詞／意境」。你走得太突然，讓我措手不及，讓我無語問蒼天。而申田卻替我怒問：「為什麼？為什麼？」幽蘭撫慰：「此情此刻，也惟有無奈地以『命運』來詮釋一切，方能化解對生死的不屈服。」

六月十七日出院，隔兩天是父親節，兒女、媳婦為你在新世紀大酒店慶祝，感恩你這偉大的父親。那天你心情很好，對該酒店的美食讚許不已，當然啦，兒女、媳婦們的孝心讓你感到溫馨。才幾時，你跟我提過，現在最欣慰的是兒女們在事業上都有小小成就，讓我們不必為他們牽腸掛肚。原來言中之意，是你可以放心走了，我卻依然懵懂無知……回途中，你聲言改天找個機會相邀再來，沒料，你的願望再也不能實現，那頓飯局竟然是我們全家的「最後午餐」……

之後，你突然變得鬱鬱寡歡，每天頹喪歎氣，對我很冷淡，不理不睬，時常發脾氣。為你烹調的菜餚你都嫌棄，而相提有次煮了豬肝麵線，你卻吃得津津有味……你如此對我，讓我不知所措，只有偷偷的啜泣。偉念說你患上手術後憂鬱症，叫我帶你出去走走，不要老是關在屋裏。每次聽到你唉聲歎氣，問你那裏不舒服，你總是搖搖頭的緊握我的手……我不僅沒有安慰你，還氣你沒有拼鬥毅力，所以，即使你已經撐不住了，也不敢向我說……，我一直為此自責，痛心疾首……

六月底，若莉打電話說七月二日「華青」將舉辦文藝講座，主持人蘇榮超將介紹現代詩的概念與寫作技巧，還將舉例雲鶴的〈野生植物〉與你的〈靜〉。本予很欣賞你這首詩，說它的意境很超然。我告訴若莉我們會參加，但因你身體仍很虛弱，可能會早退。那天，你不僅沒有倦意，還很興奮的詮釋你的詩。前天，「華青園地」，發表了兩位同學悼念你的詩篇，——「因為華青／我們微笑相識了／一首首詩作／化作不朽的沉靜」（鋆鋆）。另一首是張無寂寫的：「那月／晝晝夜夜／穿透陽光和星光／囑咐著／我們這群嫩芽／菲華文藝／不能／亡」。若莉很感慨地說，六月底跟你通過電話，你鼓勵他顧好「華青」，便很高興的告訴她《千島世紀詩選》將於最近發行。她說你的心是在「千島」的……

是的，除了家庭，「千島」是你的最愛，詩集發行會一延再延，讓你耿耿於懷。當蔡銘告訴你已定期於七月廿四日發行，你好興奮的說，那天你要唱歌，錦華朗誦。去年十月，亞華菲分會就職典禮中，你在臺上唱「家後」，欣荷還把我帶到臺上站在你身旁，小華說：「你對著錦華唱『家後』，低沉柔韌的歌聲，聽得我如癡如醉，不知不覺中眼眶濕潤；你儂我儂的畫面令我深陷『只羨鴛鴦不羨仙』的甜蜜中。」如今，情意綿綿的那一幕已「無影」，錐心斷腸的歌詞卻一直在耳邊盤旋……

記得我剛寫完〈又是一場夢魘〉時，（此文在你走後隔日發表於「耕園」），你問我：「接下去想寫什麼？」我還沒回答，你就說：「寫『鏡內』。」「有什麼好寫？」我問。「寫你從鏡內所看到的，而別人看不到的，」你低聲回答。我雖大惑不解，卻沒有再問下去。直到前幾天，在收拾你書桌上的遺物時，竟然在一堆稿紙中發現三首詩篇，三首詩中一首是〈鏡內〉。

鏡內

為了看自己　所以走入鏡內
鏡內　雖然看到完整的自己
思念想像之外　我的眼光
依然是碎的

意象與夢
是那麼不堪　輕輕的一敲嗎

七月九日，我們在仙範一家餐廳慶祝你「再生」，請了被你列入第一批要致謝的朋友——一群每星期六必到「小店」報到的知己。身為主人，我們提早到場，選了面向一大鏡子的座位相偕而坐，不一會兒，爸例偉念與媽例雅緻抵達，爸例叫你把位子讓給雅緻，要你坐在他左旁，夫婦就這樣夾在我們中間。當大家開始用飯，你卻對著桌上的菜餚發愣，大家催你多少吃一點，你卻說沒胃口，只想喝可樂。瞬間，彼此心電感應，眼神在鏡內交會，鏡內的你，頭髮、鬍鬚濃黑，面容哀戚，眼神明淨略含憂鬱，年輕如中年，你，就在鏡內玄虛一閃，……回頭看你，你卻舉著杯子喝可樂……不禁毛骨悚然，心裏有一種奇異的感覺，但始終沒有向你說……

釋然悟出你為什麼要我寫「鏡內」。這是不是你所說的「別人看不到，只有我看得到」？是不是你要從鏡內「走入我的眼睛，永不再出來」？事後，聽爸例偉念說，那天你曾問他是不是瘦得很難看？變得很老？

另外一首——〈無題〉：

無題

時間已短了　短的
像海邊　樹下　只容兩人的小板凳
讓我們在那裏緊靠著　談起過去

我的「有情詩人」呀！你竟然以這麼晦澀的情詩來向我告別，讓我怎麼承受得起呢？還有一首——〈想你〉。看了題目，淚水像是潰堤似的，我屏住氣繼續讀下去：

想你

在時光走失的街頭巷尾
在我們的小店
在燈光燭光　是非不分的角落
在咖啡的續杯中　想你
窗外是風雨　行雲流星必爭的天色

而心裏　桌上　除了夕陽
是留下的半首詩
我未曾寫完的深情

Mia！告訴我，為什麼要把「深情」隱藏？為什麼不把它寫完？為什麼要讓它懸掛半空，讓我痛不欲生的等待？

最後，是你的手稿——〈愛情〉。

把手指折斷成樹枝在荒漠的
冬天為你起火在比心更深的
地方結廬　和你長居

怡然吶喊：「月曲了／回來吧／回來吧／回來再寫一首無類比的詩。」

小剛說：「月曲了走了／但他的詩永存！相信在天堂的他／還會寫出更多更美的詩！」

而莊杰森叫我「讓他在另一場筆征中／續譜未了的月曲。」

「你留下的詩／就如那一聲／驚天動魄的嘯傲／將一直在迴響中」（許露麟

一民輓：「月曲了詩長存」。

七月六號晚上，蔡銘打電話來，「約你九號下午在世紀大酒店喝咖啡，討論有關二十四號發行會相關事項。」我坐在你旁邊看著你邊說邊擦淚……電話掛上，你哽咽地說：「陳默也會去。」我接腔：「他一定是要去看你的，因為那天他沒有跟千島詩友們到醫院。」你又垂淚……難道你已有預感那是「最後一面」？

那天，張靈、欣荷、王仲煌也參加……你還到發行會現場比手劃腳的提出建議。你似很疲累，所以我們提前離開。

七月十日，故廷邦宗叔的長孫結婚，我看你無精打采的，叫你在家休息，由吉兒（二小姑）陪我。你卻說爸爸三十六年前在北京往生，廷邦叔放棄繼續旅遊，留在北京幫我們處理善後，此情此意，不可忘懷。你說我們向廷邦嬸及其兒子景明握手道喜就走……到了教堂，握手道喜後，本想「溜走」，卻遇到蔡銘與伯惠，你向他倆敘述你動手術的情況……伯惠走後，留下蔡銘跟你。你一直很欣賞他的才華，說他很會做生意，詩也寫得不錯，可惜沒有繼續寫下去……我坐在另一角落看你倆情似父子的暢談著，淚水禁不住湧眶而下……難道又是預兆？

星期日是我們一家在「小店」聚會的日子。參加婚禮回途中，你說先到相提家一趟，貝琳剛生下孫女家香，尚在坐月中，不能出門。便打手機囑思汗早點到「小店」。到了「小店」，聽完彌撒的相鈺與思汗妻小已在那裏等我們，用完飯，你說想回家休息……你就這樣匆匆的跟兒子、媳婦、孫兒女相會告別……

七月十一日「房間曠野」一聲吶喊／竟然形成一響晴天霹靂／你仍然堅持提前離開／就像與千島詩友聚會的匆匆姿態／什麼人都無法留你／即使錦華的搥心嚎哭／也留不住你的一句再會……（南山鶴）。

千島詩友接到你突然離開的消息，隨即到殯儀館門口等你，等你從醫院移送過來。二十多年來，每每與他們相聚，你總是提前離開，他們從來不過問，也不曾挽留。這次他們卻不捨得的要把你留下，留下告訴他們「早退」的原因。

張靈泣：「你的眼光看透了／遊戲規則／在命運的轉角處／放了一把月光／你讓所有的眷戀／摸不透遺照上的笑意／就這樣不告而別」

惋惜你的離開，遠居加拿大的施約翰也寄來對你的懷念：「當年／不管黃昏／煮酒／論詩／出一九六一集子／當年／馳馭／綠茵場／將足球／射向龍門……當年／開『小店』／為老饕／提供下酒／美食……」

莊良有到殯儀館時，我向她說你一直等著她的電話……她泣不成聲的說：「錦華呀！你該打電話告訴我呀！」瞻仰你的遺容時，我告訴你，「良有來了！」她卻哽咽的說：「可惜來遲了！」她寫了一篇悼文向你道歉，解釋你臨難時，不見她蹤影，並非是她冷酷無情，最大的遺憾是你嚴重的病況，她知道得太晚了！十一年前你患大腸潰瘍，她打電話叫我持誦「大悲咒」。回想二十多年前，她曾經在香格里拉大酒店請我們夫婦享用日本料理，此份盛情，讓我們夫婦念念不忘……她要出書，封面還徵求你的意見，使你覺得很光榮。由於她欣賞你，器重你，所以你很「在意」她的關心……而良有，自己身體不好，那天文藝團體舉行獻花典禮，還抱病代表「文協」參加，讓文藝界的文友們為之駭然，因為二十多年來，文藝界類似儀式，罕見她參加……

看到殯儀館每天都是人山人海，大家都讚是你人緣好，且聽、看他們如何評你：

「真情至性的月曲了是個難得的好人，對妻子，對家人好，這是理所當然，對朋友不分貧富也能真心相對，才是難得」（欣荷）

「生前的月曲了，不僅情至義盡的視故友們的眷屬如親人相待，對往生的文友，亦情如手足，哀痛同深」（幽蘭）

「月曲了給我最深刻的印象，是他的紳士風度，他不僅對王錦華無微不至的照顧，也總會顧到身旁的女士們」（黃珍玲）

「先夫泥水走後，他倆更對我們一家人關懷備至」（劉純真）

「不知有幾次景龍送我與純真回家，每一次他都要牽我手過街道，我次次婉辭，也有幾次讓他牽我過街道。景龍，不是你說的『這一病朋友變親人』，確實是從來你是把朋友當親人相待！」（董君君）

「我們相識相知三十年，他們夫婦倆待我與內人如弟妹一樣關心與照顧。兒子拜他們為誼父母，女兒結婚，她就提出要拜他倆為誼父母，女兒從小就感受他倆對我們一家人如親人般愛護」（施文志）

「回首去年年初，我開始動筆嘗試塗鴉現代詩，詩長不厭其煩地撥冗指導，並贈閱幾本臺灣出版的創世紀月刊。」（莊杰森）

「在我印象中，他是位謙謙君子，不高傲，不神氣。」（璇璇）

南山鶴讚：「他好好先生的風範，從來沒有因成功而改變過。」

七月十五日，錦東同鄉會，中正廿屆恆春級友會、文藝界十個團體，在你靈前獻花致敬。劉惠玲說：「錦華！大家多疼惜你，今天來參加獻花的，陣容龐大（加上級友聯誼會幾位代表）是破記錄的。」連忌諱參加喪事的許虹虹都來了，施秀美因動白內障手術，還派兒子代表。而菲華文壇，是「空前」第一次由十個團體聯合舉行獻花典禮。典禮中謝馨朗誦她的《輓歌》，張靈朗讀我的《一個創造自己的人》，而小鈞朗誦你的〈房間曠野〉。前輩施穎洲及夫人許玉堂，張燦昭，拄著枴杖的楊美瓊，吳新鈿與林秀心夫婦，及從來不參加文藝活動的和權都來了，你面子有多大呀！王自然說是「哀榮」！

火化之前，春蓉（大媳婦）宣佈先來個追思會。當相鈺在臺上哽咽的講出對你的思念，臺下的佳作突然大哭起來，事後，他還向相鈺說：「阿姑，我跟你在一起。」在殯儀館第一天，佳作在你靈前跪拜時，相鈺叫他向你許願，你會讓它實現的。他愣了一下，蹙眉翹嘴說：「不可能吧！」「為什麼？」阿姑問，「因我的願是要阿公再活起來……」加油看到你的遺照，伸出手掌在你遺像一擊。我們每次到他們家，他都以擊掌迎接。

去年知道貝琳懷孕，你就向她說，如果是女生將送紅包。證實是女生後，你就替她取名家香。佳作與加油的中文名，你都是在他們兩歲時命名。而家香還沒出生，你就替她取了。難道你早心裏有數……你說家香很美，像我。三個孫兒女這麼可愛，以為晚年能與你共享含飴弄孫之樂……還好，你離開之前，我們在相提家拍過全家福，讓家香不會遺憾沒有跟你拍照留念……

謝馨的〈輓歌〉——月兒彎彎／像船／渡你去到／真空妙有的彼岸月兒彎彎／如弓／射你進入／太虛圓融的孤心／月兒彎彎／似眉／雲天渺渺依稀聽見／寂寂空閨低聲相問：「畫眉深淺入時無」，讓我憶起當年我們在閨房畫眉之樂的日子……你不僅是「一個創造自己的人」，還要創造妻子。你說我是你的「作品」，你要以你審美的眼光「改造」我。當紋眉開始流行，你便帶我到美容室去紋彎曲如你的眉，從此你就不必花很多功夫在我臉上「塗鴉」……後來，你還要我動手術開雙眼皮……我什麼都依你，聽你。甚至叫我剃光頭戴假髮，我都不敢抗拒……你叫我披肩巾，成為我的標誌，擁有近百條的肩巾，你便在房裏弄了一個架子把它們掛上，以方便我選擇採用……從頭到腳都由你「擺布」，人家讚美我，你覺得很驕傲，因為他們「懂」得欣賞你的創作。若莉說：「你們相親相愛四十多年，夫復何求？」

「月、曲、了，七月十六火化……懸起在半空的三呼歎，月、曲、了道別的聲音」（申田）。那天，在眾多悲傷哭泣的送別下，由千島詩友蔡銘、施文志、吳天霽、小鈞、鄭承偉，還有錦東同鄉會代表——蔡紫瑤護靈柩到火化場……在那短短的幾分鐘，看你最後一面，哀痛欲絕的送你消失人間……。

董君君泣喊：「景龍！魂兮歸來，看看你的妻子、子女、親人、朋友這麼的不捨你的離去，你一定要安慰錦華，拭去她的眼淚，讓她知道，你仍在她左右陪伴她！」

范鳴英勸慰：「錦華，放他一個人去一趟浪跡天涯的旅程吧。他不會走的太遠、太遠，因為他就在你我的心中。」

欣荷由衷地說：「中年折翼的痛，我懂。」七月二日華青文藝座談會上她還告訴你她先生也是因大動脈手術時，在手術室往生。所以看到你手術成功，甚為高興。

劉純真替她兒子Nelson轉達，叫我堅強勇敢，他爸泥水兄離開那年，他才三十幾歲……。

幽蘭慰我：「還好，爸例跟你相聚四十多年，平凡跟我在一起才二十八年……」

小華喟：「國棟走那年，我才四十五歲。」

她們都以自身的「傷」，鐵心硬膽的慰藉我的「痛」，把我抱入懷裏與我同哭……

小華泣說：「哭吧！錦華，哭出生離死別的悲憤，哭盡心裏的委屈……」

跟我們有「一面之緣」的許秀枝，也寫了一篇懷念的文章，還寄語：「逝者已矣。今後唯有珍藏這段回憶，努力為他誦經，期望來世再續緣！」

十五號，千島詩社由文志主編在「聯合日報」出一特刊——悼詩人月曲了。好久

「冬眠」不提筆的詩友，竟然以三天的時間「吐」離情，訴說對你的懷念與不捨……

黃春安輓：「秋風幻影／龍歸滄海／何不返／詩魂冷月／曲了人間／韻長流」

靜銘與綠萍也寄來輓聯：「月曲漸幽徐志摩康橋踏歌送汝歸去／天色已靜李謫仙小店獨酌候君再來」

景程妻小都從加拿大來送殯，臨走之前，留下一封信給我：

大嫂：

這些年來，在我成長中，我敬愛且很尊重大哥，特別是你。你們個人的成就，特別是你對我們家庭的愛護與關懷，讓我很感動，你給我大哥完美快樂的人生，我很感激。沒有語言可以形容我失去他的悲痛，我會懷念他，他會永遠在我心中。

景程

表妹綿綿，表妹婿Paul，寶維伉儷，也從香港趕來，表弟康維也專程從Cagayan來，寶維表妹還寫了信給你……

表哥：

這是一封非常難寫的信，但仍然相信，在某個時空，某個我們都不知道的空間，你一定會收到，一封由表妹寫給表哥的信。

你的詩，你的話語，你留在我回憶中的點點滴滴……我恐怕此生也不能夠忘懷……「遙遠不可怕，可怕的是距離」，表哥，你在那裏。

表妹寶維

十六號火化後，我們把你的遺照與靈灰暫安置於「華藏寺」的靈骨樓，等擇一吉日把你「海葬」。

十九號早上，驚見你骨灰桌上有一份由小華主編發表於《聯合日報》的特輯——《一彎秋月懷詩人》。我知道一定是小華來過。管理員說她還在火爐燒了一份給你。隔日，我也學她把「千島」悼你的特刊焚給你，你收到了嗎？

你生前一直很欣賞小華，讚她能在王國棟往生後，扛起重任，成為一位人人敬仰的女強人。你要我像她——堅強、勇敢。她設立「王國棟文藝基金會」你覺得很有意義，讚許不已。所以，我也將為你成立「蔡景龍（月曲了）文藝基金會」，由「千島」協助配合，舉辦一些文藝活動，想你在天之靈一定會豎起拇指贊同。

二十八號舉行「海葬」儀式，我們一早到「華藏寺」為你誦經。抵達時，小華已在靈骨樓門口等我們。你走後，她傷心流淚，悲痛的如失去親弟弟。從她激動的情緒，懷念的文章，看出她對我們的「真情」。

兒女租了一艘容納四十多人的船，讓它載我們到大海中撒你的骨灰。那天，除了親人，還有——若莉、小華、君君、欣荷、文志、高蓉蓉參加。那天，上天特別為你安排一個天朗氣清的日子（前幾天因颱風常常颳大風下暴雨），讓我們能如期進行儀式。兒女們與我心痛欲絕的從罈子裏取出你的骨灰撒在海中，親友們同時把花瓣撒下……

隔幾天，思汗寫了一首*River*，懷念你，我請摯友王自然為他翻譯：

THE RIVER

by Michael Angelo Chua

Down the river the yellow petals float

Serenely, like butterflies sleeping soundly

With the moon above like a night lamp

And the sounds of the water a lullaby

I wish you were only sleeping, dad

But the river goes down only one way

And like the yellow petals, you shall be out of sight

And I can only hold on to the fragrance of your life

And when the sun rises, I will soon see

That you are not there anymore

But the water will always reflect

Your smile, your eyes, your love

河流

蔡思汗作　王自然譯

順著河水黃色花瓣漂浮
安詳地，像沉睡的蝴蝶
天上的月亮似一盞夜燈
流水聲是一首催眠曲

但願您不過是在酣睡，爸爸
然河水惟有單向往下流
如那黃色花瓣，您不久將消逝在視線中
而我僅能留住您生命的芬芳

當太陽　昇起，我即醒悟
您已不在那裏
不過流水將永遠映出
您的微笑　您的眼神，您的愛

你走後，兒女、媳婦都很照顧我。相鈺承蒙老闆娘厚愛，給她三個月時間陪我。思汗因喪父之痛過份悲哀，沒食慾，消瘦了十幾磅，寫了好幾首詩懷念你，以發洩其心內的痛。相提時常煮菜餚來孝敬我，每星期六晚上，我們都到他家相聚。思汗寫詩，相提做菜，是不是聽到君君叫你「一定要安慰錦華，拭去她的眼淚，讓她知道，你仍然在左右陪伴她」。

七月十八日在報上看到林炳輝的專欄——「百姓閒話」，得知一民擬邀請你、洪文、莊啟明、莊垂楷等幾位老先生一聚，「探討中華傳統文化，也許可借此組織一個『文友會』之類的」。但你卻走了，讓他覺得很惋惜、悵然。

你走後，大姐、你弟妹都很關心照顧我，親友、文友時常打電話來關切，若莉幾乎每天打電話來問：「今天好點了嗎？」還請我到日本料理換換口味，舒舒心情。君君常常燉紅棗白木耳，說是去虛火。自然每次到菜市，總會來看看我……

然，Mia！沒有你的愛，沒有你的吻，沒有你的肩膀，沒有你的擁抱，沒有你相隨，人生再怎麼完美，再怎麼豐富，日子卻是空白的！

不過，我會聽小華的勉勵，面對佛教的四放：放鬆、放下、放開、放空，毅然地立足另一段人生。也不會辜負九華的期望——行你喜歡走的路，做你愛做的事，與你一起活在創作中！

Mia！安息吧！有你為夫，是我一生的驕傲！

二〇一一年

你走後……

——紀念「枕邊詩人」月曲了逝世百日

牆上的日曆依然留在七月十一日，我「不甘心」把它撕掉，因為過了這一天，我就要過著沒有你的日子……。然，光陰荏苒，瞬間，你已經離開我們整整一百天……。這些日子，雖然沐浴在親情、友情的愛河中，但是卻因他們的關懷與撫慰，讓我更想念你。一聲「還好嗎」？一句「多保重」！會讓我的眼淚禁不住的潸潸而下……。上星期的一個晚上，謝馨打電話來慰問，說她好想你，一直忘不了你的微笑，你的言行，你的幽默……。電話掛上，我躲入被子裏痛哭失聲……。前天，在「小店」遇到美瓊姐，她得知你遽然辭世的消息，就一直擔心我將怎麼辦？她撫摸著我的手臂，眼眶濕濕的說：「妳瘦了，要多保重！」她走後，我關在辦公室嚎啕大哭……。曾經碰到「小店」一位女客戶，她自我介紹的說她是「中正」第廿四屆的校友，讀過我的文章，勸我要堅強勇敢，像她……說後就泣不成聲的，原來她丈夫四年前已往生，看她哭得好傷心，我把她抱入懷裏同哭，心裏吶喊：「朋友！一齊走！」

你猝不及防的離去，叫人驚撼，令人哀念，讓人擔心「錦華該怎麼辦了？」

猶記一九六一年，舅父為你在霧端伐木公司找到一份工作，爸媽認為機會難逢，要你「遠走高飛」，那時，我們正在熱戀中，你好不情願，可父母之命難違……。「遠征」那天晚上，我邀請誼姐嫦華偕我坐的士到碼頭送行，到了碼頭，我毫無「靦腆」的當著爸媽面前淚流滿臉，而你也哭腫了眼睛，戀愛中就嚐到「生離」的滋味……。你每天雁書捎來思念，在霧端一星期，舅父急電媽媽你患上嚴重「相思病」，媽忙打電話給我這還沒有進門的媳婦，叫我趕緊寫信叫你「忍耐」，信函還沒有發出，你就不顧一切的回岷來「續譜未了的月曲」（摘自莊杰森〈詩心無盡〉）。

那年，南山鶴還寫了〈致投荒者〉贈你：「你是初期的投荒者／浪跡隱約／五月來過／第九度緯線／伐木人的夢尚溫／你睫下的歸意／竟征服我們的驚訝」。

一九八七年，你跟「千島」幾位死黨相邀組團到臺灣跟當地的詩人交流，我們結褵二十一年，初次分離，我寫了一篇〈漫長的五天〉，便引用你〈中秋月〉的詩句——「今夜／最難入眠……中秋夜／水聲不在溪河／偏在枕上」來形容「生離」的苦痛，如今，我是每天以淚洗臉來承受「死別」的哀傷呀！

Mia！記得嗎？當年追求我的時候，你「誓言」要愛我從年輕到年老，結婚後，你「聲言」要把手指折成樹枝，在冰冷的冬天為我起火，離世之前，「留言」你還有未完的深情……。難道這都是「謊言」？

你火化後，「千島」幾位詩友相邀到我們家來看我。原來於七月廿四日舉行的「千島」新書發行會，因你而延期，我要求他們等你四十九日後再進行，終於決定延到九月三日。他們說擬於十月三十日舉辦「月曲了作品研討曾」，我告訴他們，我將為你設立基金會，希望由「千島」配合主持。

八月初旬，幽蘭跟白浪來家探訪，白浪說太晚知道你往生的消息，寫了一篇〈追念詩人月曲了〉，寄望我「把滿懷的憂思，宣泄在文筆中，在文學的領域，放出異彩」。

八月中旬，蔡銘在「古坑」咖啡店召集開會，討論有關發行會的事項，我在會中透露正在寫篇記念你往生四十九天的文章，陳默隨即提議叫我投「千島」，因「千島」是你的最愛，蔡銘在旁接腔「千島」要復刊，陳默又要「出擊」了。

八月二十五號，蔡銘一早打電話來，叫我翻開《世界日報》「大廣場」版，有位筆名柯林的在他專欄寫你，雖說文中沒有提名……。柯林在〈已成傳說〉如此寫著：「真的很想伸出友情之手，和你結交，想不到生命竟是如此脆弱，一下子，你已成為故事、成為傳說……不說永別，因為會在你傳世的作品中，傾聽你的『心靈』和你交通。」輾轉知道他的真名，原來他也是「中正」人。我因擬把這篇文章收入我將出版的新書，托王仲煌打電話請小剛替我與他聯絡，徵求他同意。隔幾天就收到他的「許可」，在此言謝！

你走後，「千言萬語」要向你傾訴，一口氣寫了一萬多字交給陳默主編，害他一個頭兩個大的，向我「苦訴」版位不夠。本擬刪改，還好承社長厚愛，一聲ＯＫ，九月一日，我的〈鏡內〉與南山鶴的〈曲終人不見〉，以兩版同時刊出。謝謝社長，也向主編致敬，辛苦你了……。

當天晚上，「千島」詩友在「蘇州點心」聚餐，這是「千島」自二〇〇七年來的第一次大聚會。看到那個場面，讓我想起當年我們的《異夢同床》發行，蔡銘特地在「頤和園」設宴慶祝發行會圓滿成功，事隔四年，至今才向他致謝，而你已不在……。那天晚上，鳴英與我同車赴宴，她是為了陪我而參加；她很疼惜我，常常拿好書借我。整個晚上，我壓住情緒，直到「曲終人散」，送鳴英回家後，一個人坐在車上，沿路呼叫哀哭」……。怨你丟下我孤孤單單的……。

九月三日，《千島世紀詩選》，你的〈我的眼淚是碎的〉，暨同仁詩集，終於在世紀花園大酒店舉行發行儀式，陳默主編出版特刊！還舉辦同仁著作展，由蔡銘策劃，王仲煌協助，「別開生面」的展出二十一位作家的三十九本著作。蔡銘會中表示：「這是『千島』人的一份小小成績單。此舉為『千島詩社』跨進新世紀的起點，也是菲華另一新里程。」

那天——

你很在乎的莊良有因事不能來參加，最近她寫了一篇〈惜別我很在乎的詩人——悼念好友月曲了〉，文中如此寫著：「景龍，你給我的感覺是你如水，有著柔合、堅毅的力量……這是你的品牌……。」她沒來，可她的兄嫂莊長江及唐碧華伉儷特別來捧場，提到你的為人，兩位老人家眼眶泛紅的惋惜你英年早逝……。

久違的施清萍與劉秀蘭夫婦也來了……。

我在臺上哽咽的發言：「今天站在臺上講話的應該是月曲了，今天，月曲了本來要唱歌，卻沒有機會了……。為了月曲了，蔡銘說，『千島』會再熱鬧起來，為了月曲了，陳默不再沉默了……。」

本來要朗誦你的〈想妳〉，卻因怕禁不住情緒，請「此生願為王錦華」的張靈「代勞」……。

嗚英朗誦你六十年代寫的〈秋，這次的路程〉……。

欣荷朗誦黃春安的〈不曾忘卻——緬懷詩人月曲了〉……。

石子與蘇榮超聯合朗誦〈房間曠野〉……。

你為他的《漸變了臉色的夢》寫序的王仲煌「一位你一直在張望的詩人」發感言：「在今天這場盛會裏，我想再次向終其一生，生活和靈魂都沒有離開現代詩的詩人月曲了，再一次深深地致敬，我想，作為一位真正的詩人，他應無憾，他的這一生是真的沒白活！

我也相信，正是他的精神，不止推動了『千島詩社』這一次盛事的順利舉辦，推動了『千島詩刊』沉寂多年後的復刊，也將推動菲華現代詩壇的復生！」

你沒有機會獻唱「家後」，思汗與春蓉、相鈺、相提和貝琳，還有我們的孫子佳作合唱「朋友」，替你向一直很關懷你的朋友致謝。特別你在病中，朋友的情誼，讓你感受到親情的溫馨……。

文志感謝麗珍一路的支持……。

謝馨獻唱「青花瓷」……。

石子介紹《千島世紀詩選》的三十八位同仁……。

小鈞宣佈我為你設立「月曲了基金會」，由千島詩社配合主持……。

最後，由蒲公英致謝詞……。

發行會在司儀張靈與欣荷帶動下，充溢著濃厚的文藝氣氛落幕……。

你生前一直盼望「發行會」能早日舉行，王仲煌深感你不及參與此發行會，一定很遺憾。然，你走之前兩天，曾經到現場參與討論佈置會場事項，且發行會那天，承文藝界同仁支持參加，大廳座無虛席，詩友們又很團結合作，相信你在天之靈，一定很欣慰的了！

九月一日，菲律賓有名的美食專家Reggie Aspiras在Philippine Inquirer介紹我們的「小店」，特別提你得過Gawad Pambansang Alagad ni Balagtas，還登出我倆的合照……？

九月十三號，菲律賓電視臺Channel 4的主播Nikki Baluyot來我們「小店」做訪問，介紹我們的潤餅，當她看到牆上掛著你的手稿，叫我拿著你的詩集，站在前面，令攝影師收入鏡頭……。

九月初旬，良有在馬加智香格里拉約我、若莉、謝馨在大廳喝咖啡、欣賞小提琴演奏。習慣有你相隨，自個兒走入大廳，找不到良有她們，突然驚惶失措，趕忙跑到廁所，像孩子似的哭著……。隔了十幾分鐘出來，在人群中發現她們，很尷尬的向她們講此糗事……。難怪大家都會擔心：「錦華怎麼辦了？」

我們的三三讀書會照常舉行，這次由石子主持，她約在邑沙香格里拉咖啡店，你生前的最後一次讀書會也在那裏舉行，由於提前半個鐘頭抵達，一個人坐在咖啡室，觸景傷情，眼淚湧眶，剛好石子打手機過來，聽到我哭泣的聲音，急電住在附近的謝馨來陪我……。

謝馨帶來羅門、蓉子托她交給我的唁信……。

九月十三日，在「耕園」園地看到一位叫慈凡的，寫了一首〈中秋月——給王錦華〉——昔日／圓圓中秋月／你泡茶／我賞月／今夕／秋月照夜空／可／你已奔月去／我的眼／映現的確是／月曲。趕忙打電話詰問「耕園」主編小華，小華說是寄到聯合日報，沒有註上本名，也沒有留下聯絡處……。慈凡贈詩，在此言謝。

一直盼望著王勇寫篇懷念你的文，或一首悼念你的詩……。

王勇在他的《蕉椰雜談》專欄，寫過好幾篇有關你的文章，《詩的幻魔師》推崇你是「菲華詩魔」（源自詩魔洛夫），即寫詩所用的語言具有魔幻色彩，每每把平常詞語幻化成令人驚喜、驚奇的巧妙意象。《讀詩之樂》欣賞分析你的〈街頭巷尾〉，《永遠之遠》讚你對詩創作精益求精，幾乎沒有應酬之作，因此首首佳作……。他說你寫文章或致詞發言，也是滿口幽默的詩意……。

八十年代，文藝復興，王勇才二十幾歲，還沒有結婚，因時時有文藝活動，我們的家居跟他住的地方很順路，所以常常會跟我們同車回家，談吐中，發現他才華橫溢，閱讀廣泛，非常欣賞他。林素玲著作《心靈視窗》承他倆看得起，叫我寫序。關係更密切，所以你走後，我很在乎他對你的思念……。

直到九月七號，從《世界日報》「大廣場」看到他寫的〈在詩中永生的月曲了〉……。

原來他為印尼華文《國際日報》「東盟文藝」九月份菲律賓版組稿，特別選發了你的簡介和李夫生教授評介你文章〈流散族裔無根的鄉愁〉以及他九月一日寫於上海的〈黎明的露珠——敬悼菲華著名詩人月曲了〉。

你用魔幻的手藝編織意象的羅網
網住所有張望的眼睛
您用念想築起的愛廬
護著詩護著與您放棄天涯

也要共燃紅泥小火爐的錦華
在如夢的煙雲裏
歲月反過來守護您　向著
無涯的曠野朗讀您的詩篇
黎明的露珠都在點頭

《東盟文藝》統籌，新加坡詩友寒川得知你辭世的消息，謂將在文協網上發佈這惡耗，連同你的作品。

今天收到《創世紀》詩雜誌秋季刊，裏面有簡訊，由楊宗翰傳真提供你不幸逝世的噩訊，書裏還登出我倆參加創世紀四十年慶，應邀朗誦你的〈天色已靜〉的照片，及你跟幾位臺灣詩友的留照……。

我已開始整理我的文稿，參加「文協」明年慶祝三十週年紀念，要發行由楊宗翰主編的《華文風叢書》，承楊宗翰包涵，許我延期交稿。你生前叫我請若莉為我寫序，用偉念（四小叔）的圖做封面，由施騰輝打字（文志已替我聯絡）書名為《甜的眼淚》。你似乎有預感的替我安排一切，可是，每每著手整理，我總會含淚的抱怨，因為這本來是你的工作呀！

承若莉厚愛，答應為我寫序，她最近忙著為「華青」出書，趕著準備「亞華基金會」敬老的活動，又要為我寫序，夠忙的了。她很「貼心」，辦事慎重認真，花了一個下午在「小店」與我討論我的文稿，指點我用字遣句的不慎，幫我修飾文句。

思汗上次寫了一首「The River」悼念你，此詩由自然翻譯，蔡銘與陳默擬在千島詩刊上出翻譯詩，叫我請自然參加「千島」，出乎意料，她竟一口答應，不過，條件是只翻譯思汗的詩，連兆鏞也同意跟自然一齊來參加「千島」的活動。上星期日「千島」在「古坑」開會，討論十月三十日為你舉辦的研討會，他倆都來參加，我知道，他們是為了陪我的，此情此意，永銘不忘！

你走後，思汗與相提上班前上班後都會來看我，相鈺已辭職，幫我掌理「小店」，大家都說，好在有女兒相隨，然。Mia！今天她陪我，將來誰伴她？

最怕「孤單」相鈺難免有她的私事，每當一個人在車上、在房裏，我會泣不成聲的……問你，「想我嗎？」

你走後，純真與君君是我寫作的「活字典」……。純真叫我要堅強勇敢，像她，不要讓人可憐！

以為能與你白頭偕老，以為能與你在晚年共享含飴弄孫之樂……。

佳作前天告訴我，他寫了一封信給你，說他拔掉了一顆門牙，當他想到你根本不會收到，就哭起來，他爸媽看到他哭，一家團抱同哭……。

加油至今還不會說話，不過，每天睡前都要向你拜拜，伸手擊掌High five……。

家香已經四個月了，很可愛……。

最近，康琪姐寫了一篇〈詩人，何以走得如此匆促〉，把她讀到越南的一行禪師對「萬法無生無滅」本質的開示，摘錄給我：

我們說雲朵不可能死，因為在我們心中，死的意思是某些東西變成沒有這個人，這個看法帶來悲傷。雲可能會變成雨、雪和冰雹，或者河流、茶、果汁。但雲朵不可能死，雲的真正本質是無滅的本質。

因此，如果你有親人剛離世，你一定能在他所顯現的形式中找到他。他不可能死。他以許多方式延續。以佛陀的眼睛，你能在你周圍，在你之內覺察到他，你可以和他說話：「親愛的，我知道你以新的形式存在於這裏，你不可能死……。」

你走後，「房間曠野」常常有蝴蝶飛來飛去，你曾經〈寫信給母親〉說「蝴蝶是郵票／只要星光出聲／住址／可以問窗外」。

Mia！告訴我，你是不是以這種新的形式存在於這裏？……

探索詩人月曲了的藝術星空

十月三十日，千島詩社假晉總舉辦月曲了作品座談會。是日，我與兒女、范鳴英兩點到場，一進門，就看到牆上掛著「千島詩社舉辦月曲了的多彩星空——詩人月曲了（蔡景龍）作品座談會」的剪貼橫幅，而施文志正在指揮工人把他托朋友放大印出的四張月曲了著作的封面貼在橫幅上。會場座位排列成「回」字型，菲華文壇元老、中年、學生六十幾位文藝愛好者三代聚集一堂，欣賞論述「星星的那輪月」。

座談會兩點四十五分開始，由江一涯、張靈主持，依月曲了創作歷程分三段：早期——六十至七十年代，中期——八十年代至九十年代，晚期——二十一世紀，來解讀評析月曲了的詩作。「每一階段首先皆由本社社員發言以拋磚引玉，帶動參與表達。」多位文友響應的發表他們的感受，整個下午，會場充滿文藝氣氛，讓大家享用了一席心靈饗宴。

最可圈可點的是黃春安當場指出他的「發現」，他手拿著座談會分發的月曲了詩作影印本，指出月曲了的〈愛情〉裏面的「蘆」字應該是「盧」，本以為是打字時打錯了，便翻開詩集《我的眼光是碎的》求證，結果也是「蘆」。經他一提，回家後，我翻出月曲了的手稿，且看：

把手指折斷成樹枝在荒涼的
冬天為你起火在比心更深的
地方結廬 和你長居

其實，月曲了沒寫錯，都是「校對」之誤。黃春安與月曲了交情深厚，二十多年前，贈我們的盆景，至今依然茂盛如昔。才不久，他的新書發行，月曲了還在發行會中朗誦他的〈鋼魂〉。謝謝他的誠意關照。

最後，我發表感言：

「午安！今天下午，如果月曲了在，有多好，他走之前一星期，曾經參加『華青文藝』舉辦的『蘇榮超介紹現代詩與技巧』講座。那時候，他剛經過一個大手術，身體還很虛弱。可是聽到榮超要舉例他的詩作《靜》，他參加了。我因怕他身體支持不住，事前打電話給『華青』創始人若莉，告訴她我們可能會早退，出乎意料，那天，他的精神特別好，心情也很平靜，整個下午，臉上掛著他那品牌的微笑，沒有絲毫倦意，文友與學生發表他們對他的詩作的感受，他很興奮的參與，最後還解說他這首詩得來的靈感，分析他詩中意象的運用。他走後，我在他書桌上發現他留下三首詩，他對詩的愛好，對寫詩的執著，離開前也通過詩向我辭別，王勇說他永生在詩中，這句話的確沒有錯。

其實，舉辦座談會，一直是千島人的理想，如果月曲了在，看見今天諸位支持的場面，一定很高興感動……

王仲煌九月三日在《千島世紀詩集》發行會中發表感言，他說他相信是月曲了的精神推動『千島』復生，是月曲了的精神推動沉寂多年的千島詩刊復刊，希望千島同仁繼續加油，月曲了在天之靈一定很欣慰。

感謝大家撥出寶貴的時間來參加今天的座談會，也感謝你們對月曲了的愛護、肯定。」

前天，王自然向我說，她曾經叫月曲了解讀他的詩，他啞然微笑……我告訴她，九十年代，洛夫曾經寫了一首小詩〈金龍禪寺〉，他說，這首小詩傳誦頗廣，也有各種評析，但詩中所言為何，大多不得其解。然而，詩往往是一個人的心靈深處的獨語，旁人懂與不懂，有何關係……

小剛在他的《讓詩的春天再臨菲華》如此寫道：「月曲了對詩的眼光是敏銳獨到的，對詩的熱情是豪邁奔放的，相信喜愛讀他的詩的人，都能從他的詩行中領略其詩的風采！我也相信他在天之靈更希望看到詩的春天再臨菲華！」

附錄
《異夢同床》的書外書裏

一民

九月二日下午二點半，月曲了和王錦華兩位文學伴侶，在新世紀酒店Ball Room舉行《異夢同床》新書首發式。華社文化界各團體的文友兩三百人坐了滿滿一堂，可見作者人緣好，吸引力大、號召力強。

會場佈置簡潔大方、優雅美觀，秩序安排緊湊精彩。主持人言詞生動幽默，發言人言簡意賅。月曲了演講恢宏有趣，笑中涵蓄深意，令人回味無窮；王錦華演說，雍容不迫，陳述清晰，聽者如沐春風。

賓客各贈獲《異夢同床》一書。余觀之，覺得封面設計異常新穎，高雅大方，實是匠心之作。兩面以作者半身頭像為主體，一面是月曲了聚精會神地在閱讀，另一面是王錦華微笑的書寫美姿。

書名已是別出心裁，字體排列一橫一豎，「夢」字除顏色有別外，再以傾倒放置，真是別中有別，別得出奇，奇得超凡脫俗。兩書面都以白框破底為案，都以黑白為基調，顯示沉穩而持重。書名「夢」字採用橄欖綠顏色來點綴和顯出穩重之靈氣。封面中各有一行中型字，說明王錦華的「夢」是散文，月曲了的「夢」是詩。再各有一行小字來說明作者對詩的見解和對寫文的用意。如王錦華的散文開始寫作，是為了「夢想」，後來因有「抱負」而寫作，如今寫作是「寄託」。把她寫作的心態和目的，清楚地告訴讀者；月曲了的詩，「詩，是美的計較」是斟酌、是推敲而成的。封面如此「計較」地設計，如此優美，是菲華出版書籍中罕見的，因此我為之叫好、喝彩。封面是書中「衣冠」，能否吸引讀者，首先決定於封面的設計。

誰是封面的設計者呢？是書的作者蔡景龍（月曲了）設計並主編的。此書編輯也是很巧妙的。一邊是左開，一邊是右翻。各自編書硬骨頭在中間處，滙合放置照片，打破以往一前一後，主次分明的規則，顯示出男女平等尊重女性之表現。

現在來讀讀他們書裏的內容，王錦華的散文特點可以歸納為一個「真」字，真實的生活素材，真情地寫作，真摯的表白。甚至把自己商業「秘笈」也寫出來公諸於眾，在〈潤餅情懷〉中公開介紹製作材料和做法。在〈一場驚夢〉中真實表露自己的害怕和擔憂。在〈終於當阿嬤了〉真摯地表達熱切盼望和無限的喜悅。在〈小店拼盤〉和〈小店小事〉、〈捉賊記〉中真實地記敘並和盤托出，難怪她的兒子說：「如果讀過她的文章，你一定會對她故事裏的坦率敘述感到驚訝。她寫的都是真情、真事、真人。有時候我在想我們家是否已變成一個『寫真的』電視節目——人們經常讀到有關我們家的秘密。」

北齊‧顏之推云：「從文章當從三易：易見事、易識字、易讀誦。」讀錦華的文章就有「三易」的感覺，事易見，字易識，書易讀。宋‧李塗說：「文章不難於巧，而難於拙，不難於曲而難於真，不難於細而難於粗，不難於華而難於質。」錦華文章是真人真事直述胸臆，故文感人。

月曲了的詩是美的計較，字的推敲，句的琢磨，意象的研究，結構的巧妙安排。杜荀鶴說：「辭賦文章能者稀，難中難者莫過詩」。寫詩是難的，寫好詩更難。因詩是高度集中地概括，反映社會生活，作者須有豐富的思想感情和想像，語言須精練而形象性強。並具有一定的節奏韻律。賈島說「二句三年得，一吟雙淚流。」唐‧雍陶話「豈知儒者心偏苦，吟向秋風白髮生」。可證詩之難。我讀過月曲了一首情詩，是寫給他的愛妻王錦華的。詩云：「把手指折斷成樹枝／在荒涼的冬天／為妳起火／在比心更深的地方／築廬舍／和妳隱居。」多麼情深，多麼溫愛，多麼令人羨慕的愛情。此詩易明易懂。但月曲了有些詩是少人一讀就可領會。這如尤扶西先生直言曰之，他花了兩小時讀了《異夢同床》的全部詩，可兩個星期不甚領會詩中的意象和思想。余也與尤先生一樣讀了他的詩，只有幾首一知半解，其他也是讀得一頭霧水。因為月曲了的詩許多是朦朧詩、抽象詩。

朦朧詩、抽象詩的語言、形象、主題，曲折地表達作者情感意理的詩歌，其特點是：運用象徵和隱喻等手法，意象朦朧抽象，形象構圖不完整，詩行急速跳躍，富有運動感，語法結構反常、奇特、多變等。朦朧詩的創作，情調高昂，令人奮發深思。須琢磨分析才能知曉其意。

我想月曲了的詩大都是曲了又折的故難明。月曲了的詩經得起琢磨，越究越有味。在有高人指點註釋解讀，如施文志誌月曲了的〈合照〉、〈天色已靜〉，王勇註釋的〈街道巷尾〉，王仲煌解析〈月光未乾的路上〉、〈月光腐臭〉。註釋解讀月曲了心中的「密碼」就會易領會些。對我而言，我喜歡較易明白的詩。月曲了的詩是陽春白雪型，曲高和寡。希望他也能多作些下里巴人一看就懂的詩，當會擁有更多的讀者，此是愚之見，可否？對否？供月曲了參考。

我對《異夢同床》的感受是：

月曲新詩朦朧美，錦華散文敘真意

異夢同床著一書，珠連璧合成伴侶

欣知真情錦華章，喜歡琢磨月曲詩

二〇〇七年九月九日

雙璧合一

九 華

現代華文作家群中，有些是相濡以沫的夫婦皆執筆。菲華文壇尤盛，常被別地區的作家稱道。

月曲了、王錦華伉儷為其中佼佼者。月曲了詩齡甚長，功力深厚，至今仍為現代詩努力不輟。其詩句短詞雅，意味雋永，引筆行墨有如水墨畫，清遠窗靈。王錦華之文情溢於詞，不尚雕琢，一派真我，生動感人。兩人的詩與散文各擅勝場，而今合集出書，不僅是他們與生活對談，與生命共旅的經歷與感受，值得珍藏留念且令讀者有幸縈迴賞析不已。在我國文學史上，詩歌與散文並稱「雙璧」，他二人，一寫詩，一為散文，真乃雙璧合一了。

《異夢同床》書名，巧思獨運，展現了中文的優美趣味，將「同床異夢」的悲哀，上下掉轉，擴大了心懷與境界，各自擁有空間，常有驚人「出招」，發揮夢筆生花之佳作，卻是殊途同歸。那張溫床是他們共有的感情、事業、兒孫；是對文學永遠的鍾情，是彼此悠然放心之處……

夢起來超精彩；人生越來越豐美。

祝福他們。

文壇喜事

尤扶西

大概在三個禮拜前的某一天，剛從我女兒那邊得知兩位親家又要出書了，真是一個好消息。正想打個電話向她倆恭喜道賀，忽然就接到親家打來的一道電話，他一邊告訴我今天這個新書的發行儀式，在時間和地點方面的安排，同時還要我講話。我告訴他文學我是外行，何況我們文藝界又有那麼多的前輩先進。應請他們講話比較合適，可是他一直不放人，同時承諾要把新書送過來。豈知可能是因為印務館那邊不能按時交書，所以特別送來一本電腦打的版本，裏面還有一些校對的痕跡，足見他倆是那麼的細心、體貼。這可叫我不能不大膽地在這裏獻醜了，真所謂魯班門前弄大斧，後來我又想了一想，相信今天出席的可能都是些舊知好友。大家都是熟人，也就不用計較那麼多了，最主要的反而是有個機會向他們道賀，同他們一起慶祝今天的成就，跟他們一起分享今天的榮耀和喜悅。

過了幾天，接到他們送來的新書，打開一看，書分成兩個部份，一邊是親家的新詩三十幾首，另一邊是親家母的散文，我為了走捷徑，先向那字數少的新詩著手，看起來好像很容易，都是那麼只有幾行字而已，同時用的字一般都認得來。所以，感到這功課，並不難，豈知外行就是外行，讀了一遍又一遍，總是抓不到要領，後來終於領悟到詩就是詩，不一樣，就是不一樣。他把那幾個很普通的草字連串起來，就會構成一個令你抓不到要領的意境，他想說什麼呢？讓你自己去猜吧！猜了又不能肯定猜得對不對，雖然說，白居易把美妙的琵琶聲用「大珠小珠落玉盤」來形容，據說這樣不但能夠聽到，也能夠看到，還可以用手捉摸到，可是第一次遇到這種變化時，如果沒有經過著作的指點和解釋，恐怕會像我一樣，抓不到要領的。

就好像我首先選中的一首，題目是〈霧〉，大霧天的霧，在書的六十五頁，下大霧的天氣在菲律賓比較少見，在中國大陸就比較厲害，遇到下大霧的天氣，你會感到什麼都不對勁。太陽不出來，可視度很差，出門不方便，高處被封閉，行車不能太快，總之什麼都不正常，世界好像遭到什麼大危機似的，會不會老天爺在發脾氣，所以他是這樣寫的「把世界，用塑膠袋包好，上帝要Take Home」，這裏只用了十二個單字，兩個英文字。中英加起來也不過十四個字，都是很普通的，但是這卻能建立一個讓你推想到整個大宇宙的意境，這大概就是詩歌的奧妙吧！

如果我們把這首詩中的「世界」改成「包子」，把「上帝」改成「客人」，那麼這首詩就變成這樣的了，「把包子用塑膠袋包好，客人要Take Home」，這樣一來，就不是詩了，是日常用語，一點詩意也沒有。

從這首詩，你可能會有很多推想。這裏的世界被用塑膠袋包好，就好像大霧籠罩著整個大地，讓你有一個恐懼感，上帝要Take Home，上帝把地球帶回家，用意是什麼？祂家在什麼地方，回家後會做什麼，把它當午餐吃掉，或者修理一下，重新裝修一下，然後再放回來呢！還有很多很多問號。結果我是花了一兩個鐘頭，讀完他的詩。可是我花了幾天的時間推敲這些詩，結果還是不了了之。很勉強地，不死心地把它拉過去，這正應驗了古時某大文人所說的一句名言，「讀書不求甚解」，這正合我的本性，我現在是讀書不求甚解，所以我到現在還可以，攸然自得，沒有什麼精神負擔，如果你一定要得到讀詩務求甚解，那問題就大了。

至於書的另一部份，是親家母的散文，說實在的我讀來全不費功夫，跟她先前出版的《時間之梯》一樣。文筆是那麼通順，建立的意境又是那麼生動。雖然談的都是發生在我們周邊的瑣事，可是經過她的描寫和敘述，你會被緊緊地吸引住，一定得一口氣讀完整篇故事，到最後才產生一種會心的微笑。

讀完親家母的這部《異夢同床》，從她在書中提過的人和物以及那種趣事。由於描寫的逼真，文筆的生動，人物似乎個個可以活現，中國史上的三部名著之——水滸傳。描寫的是梁山的一百零八條好漢。而《異夢同床》中所提過的人物，是菲律賓目前社會上的幾條好漢，如超市那兇惡的扒手經理，推銷純椰子油的華婦。為了三塊錢而大鬧小店的〈餅乾駭客〉。那自報忘了付錢的李太太，自認為她自做潤餅最好吃的老婦人，那個「吃人夠夠」的羅帛示夫人，濫用老人證的老漢，喊著「我要控告你的L太太」，還有那一段精彩的抓賊故事等等，再來就是在她身邊的，也是她最要好的知心朋友，幽蘭、小華、董君君、劉純真，以及其他文藝界的朋友們，這一切的一切加起來，就像一部小型的水滸傳，新時代的梁山故事，而地點就發生在仙範市的「小店」。

至於我們的兩位親家，他們的真、他們的善、他們的美，確切是太多太多，要說也說不完。同時我也不便說，因為到底我們是親家。我只能以他們為榮，現在我要借用我們的邵前院長建寅教授，也是現在中正學院的董事長的一句話。他說「蔡景龍、王錦華是一對神仙伴侶，是菲華文壇的金童玉女」，他還說：「景龍琴心劍膽，儒雅瀟灑。在文壇上是熱情的詩人。在家裏是不折不扣的好丈夫」，關於這方面我也希望能夠向他學習學習，一方面學讀詩，一方面學做人，就使只能學到一點點也好。

還有更難能可貴的是，他們培養出來的第二代，他們所疼愛的兒子蔡思汗先生，在一篇文章裏這樣描述他的母親：

我有一位宇宙間最奇妙的母親
在她寬宏的胸懷裏我們佔第一
散文或詩篇皆無法
描繪她的豪情俠義

文章的題目是〈超強的媽媽〉

俗語說：人生最大的快樂莫非是心想事成，我們日日夜夜，時時刻刻所盼望要做到的，今天真的做到了。我們所關心的第二代，已經體會到我們對他的愛心，同時還作了回饋，還有什麼可比這事實值得欣慰和喜悅呢。

這裏讓我再一次祝賀兩位親家今天的成功。同時祝願他們更大的成就在明天，謝謝。

異夢同床

——贈 月曲了誼兄
王錦華誼嫂

施文志

房間曠野
時間之梯
異夢
異曲同工

左邊太陽
右邊月亮
朝朝暮暮

日月合璧

他在左邊
她在右邊
同床
同心同德

致月曲了王錦華賢伉儷信函

張香華

月曲了
錦華賢伉儷：

感謝你們的贈書。除了羨慕，也感嘆，你們前世是燒了什麼香？有好姻緣，又有好情才，嬌兒女，乖孫輩……人生至此，夫復何求！

也感謝你們還記得我，今把這本書擺在床前，晚上不太累時，要聽聽月曲了如何討教"美"，要看看錦華如何珍惜"善"。

內容是人生的三昧，書的設計和裝幀也精美，真叫人艷羨呀！

祝福平安如意

香華 2007.10.8.

香華 用箋

小店與出書

康琪娌

幾年前踏入文壇，文友中有不少舊知，同時也結交了些新朋友，其中一對是可愛的夫婦檔——月曲了和王錦華。他們是圈內公認的模範夫婦。志同道合，都喜歡搖筆桿，一個寫詩，一個寫散文。無論什麼場合，必定看到他們倆形影相隨，就像水池裏的鴛鴦，常棲一處，不肯分離。連表演節目也是兩人合作，同臺演出。記得第一次聽他們倆朗誦月曲了的詩作〈天色已靜〉，情真意摯，扣動了我內心深處的一根弦，眼淚止不住涔涔直下。

然後我又得知他們有一間「小店」。「小店」真是名符其實的小，店面分成兩半，一半是雜貨店，一半是餐廳。雜貨店的部分有幾排架子，上面擺滿了各種各色的乾貨、罐頭和醬料，一邊還放著一籮筐一籮筐的新鮮蔬果；三、四個大冰櫃，裏頭也塞滿了各類新鮮食品，諸如雞鴿、餛飩水餃、豆腐豆乾、湯圓杏仁凍……應有盡有，不一而足。

多來了幾個顧客，彼此便得摩肩接踵，行走時要特別小心禮讓，惟恐撞到人或踩到對方的腳上去。我想「小店」之所以給人小的感覺，是因為店裏的貨色太多了。我一向對吃興趣缺缺，可喜歡去逛「小店」，在架子間東張西望的當兒，常不經意地發現別處看不到找不著的東西，那種驚喜的感覺，可以讓我心情好一整天。用「麻雀雖小，五臟俱全」來形容它再恰當不過。

餐廳的部分，能幹的老闆娘每天燒煮十幾二十道的菜餚和羹湯，讓客人挑選點叫，而她的廈門薄餅，更是「小店」的招牌菜，連外來的香港客都要打包帶回去。

我覺得「小店」並不小，其實它很大。

「小店」生意蓬勃，人來人往，發生在那裏的故事也就多了，這些活生生的人生百態，正是寫作的好素材，一篇篇感人的篇章，便展現在王錦華的筆下，她手中的那支「魔棒」編織出來的故事，既生動又有趣，感情真摯，幾乎每篇都是她自己的故事，讀她的文章，往往會不由自主地隨她的心情沉浮起蕩。

「小店」業務蒸蒸日上，如今已有一間分店，名大的小店，非常有趣。月曲了和王錦華在勤勉經營的餘暇，仍筆耕不輟，出版了兩本詩集和一本散文集後的今天，再接再厲，又集兩人的詩和文合印一本專集，題名《異夢同床》，象徵兩人在文學創作的道路上，攜手偕行，互相扶持，互為依靠，這樣的一對神仙伴侶，值得我們歡呼祝賀：恭喜！恭喜！

夫婦同行

翁淑理

從第一次觀賞他們夫婦吟唱……天色已靜，到每次偶遇，必是雙人同行，原以為他們只是夫唱婦隨的一對……一個悄悄地活在對方的影子下。直到讀了月曲了詩集，看到王錦華女士《時間之梯》的日記式的坦摯書寫，才知道他們是如此相異地同時存在。

而在這個相異的同時存在裏，我們卻發現幾年前，月曲了夫人不一樣了，那份風華獨特的古典美不見了，取而代之的，是一身現代感裝束的王錦華。但那一頭鶴立的髮型，那一襲白紗裹隱隱約約的內黑現代的白與黑間，我們看到的是同穿著白與黑的夫婦裝的月曲了，依舊款款而行古衣今裝總相宜的王錦華！也再次地欣賞到了月曲了的另一份用心……但是月曲了為什麼要把夫人從頭到腳徹底地重造呢！王錦華的那一排排的皮包和與之匹配地高跟鞋的珍藏呢？到底是什麼使他們這樣地割捨呢？人世的撲朔迷離，本就像一本書，我們永遠不知道明天，未來寫些什麼，但我們不得不深心地敬佩他們面對人生，相互扶持的從容態度。

兩年前，當我從這一心想要成為王錦華女士又想重回月曲了夫人的女人手中接過那本《時間之梯》，回家在燈下細讀，才發現這簡直就是一本公開的日記；一個坦誠無私的王錦華，自歲月裏文字間，一路慢行款步而來，敞開著一顆心，娓娓敘之，又是眼淚又是歡笑，直把過眼讀者當多年知己傾訴，不由得要捫心自勵，散文不就是可貴於這分真誠！

從月曲了詩集裏的錦華，到王錦華《時間之梯》裏的月曲了；從虛世到現實，我們都可以看到他們有心無意地互為身影。看到他們的深情相伴的身影，乃想起前幾天王錦華女士突然憶起什麼似地說：「有時很生氣，會罵月曲了說你怎麼這麼笨呢？」她一邊講一邊自己說著：「月曲了回答：『就是笨才會娶妳！』」一手不捨地輕輕拍打著先生一味地只是笑的臉頰。此情此景，直令人追想起當年中正操場上那一對情竇初開的小男女沿著這五十年人生的起起伏伏，一路攜手走來，竟還真情不減地活現目前。

也許我們注意到了詩人的詩，詩人的智慧與風趣，看到了王錦華的風采綽立，心愛她的散文，但我們是否聽到丈夫一味地笑裏的無文詩意，讀到妻子那本不識家務的雙手，是怎麼地歷化為有山有水的田園，建立起一個容得下公婆父母姐妹小叔小姑及朋友的溫馨大家庭，還能穿著絲襪上菜市。想必無論是詩集，或是階梯都只是他們生活裏那未曾開口說盡的人間故事的一部分吧，而這一本詩文結合的異夢同床只是他們五十年來風雨裏長相左右的一個小章節！

賞析《異夢同床》

紫 茗

幾日前，接到一幀設計別緻的請帖：「誠懇的邀請你來參加『耕園』、『千島』聯合主持月曲了（原名蔡景龍）與王錦華的新書《異夢同床》發行會。請不要賀報及送花，我們所期盼的是你的光臨和溫馨的握手。」

上週日下午，我乃恭敬不如從命應邀赴會，省下賀報及送花的錢，帶著一份真誠道賀的心情，前往世紀公園旅社跟這一對受到菲華文壇稱為「神仙伴侶」作者溫馨的握手。

走進世紀公園旅社大禮廳，見到坐滿了貴賓和文友，粗略點算一下，約有三百多人。文友弄潮兒感歎：盛況空前，文藝復興！

順筆一提，世界日報社長陳華嶽夫婦；商報的負責人莊金耀、莊銘燈、蔡孝閩；聯合日報的負責人莊維民夫婦；菲華日報的負責人葉若迅也蒞場觀禮。他們並不因作者的聲明婉辭受邀者賀報而心生芥蒂不去捧場。

很多人莫名其妙，月曲了和王錦華夫婦結集的詩與散文出版專輯，怎麼取名《異夢同床》呢？如以辭意直解，一對夫婦各存異夢，他倆怎能長久睡在同一張床呢？

月曲了詮釋，彼此的心跳都是最動聽的旋律，踩著生命的拍子，邀你共舞，向你伸出的手就是詩，只要情真、無須理由。

發行會主講人尤扶西直言，月曲了的詩著實很難讀懂，引出一篇〈霧〉試讀：「把世界／用塑膠袋包好／上帝要Take Home。」他讀了好幾天還是一知半解，沒能讀出詩的「真髓」。可見作者功力深厚，詩意境界高超。

文友九華點出，《異夢同床》書名，巧思獨運，展現了中文的優美趣味，擴大了心懷與境界，各自擁有空間。作者常有驚人的出招，發揮妙筆生花之佳作，卻是殊途同歸。那張溫床是他們共有的感情、事業、兒孫；是對文學永遠的鍾情；是彼此悠然放心之處……

美酒咖啡香

蔣陽輝

二〇〇七年九月二日下午，筆者應邀參加由耕園文藝社和千島詩社聯合在世紀酒店主持的「月曲了和王錦華《異夢同床》發行茶會」。菲華社會文藝界數百人參加了這個集講、讀、唱為一體的別開生面的「美滿咖啡香」的發行茶會。

在這個簡單而隆重的「茶會」上，月曲了（蔡景龍）和王錦華賢伉儷分別用幽默而生動的語言講述了自己的創作體會。而蔡景龍先生用文學創作的「擬人法」將自己比喻為一杯咖啡，將妻子王錦華比喻為一杯美酒。筆者以為，他的比喻恰如其分，實至名歸。

許多喝過咖啡的人都知道，咖啡本身是苦的，就像人從母親體內生出來時要經過痛苦——需要經過擠壓的經歷（剖腹產除外）及衝破阻攔的喉中的那口痰，在劃破天空的那聲啼哭後（嬰兒如沒有哭，便不會成活），而真正來到這個陌生的世界上。然後，在父母親的呵護及自然和社會環境的促成下從少年、青年、中年、老年中度過一生（個別嬰兒一出生就死亡，便不可能走完人生旅程）。這好比是一杯苦的咖啡，它通過加牛奶（或羊奶或其他什麼奶，也可以不加奶）、加糖，逐漸從苦到甜（也有人一輩子都是生活在苦海裏）——月曲了的詩和王錦華的散文，就像是已經加了奶和糖一樣，既甜又有營養，且香氣縷縷——濟濟一堂的與會者的掌聲和稱頌聲已經說明了香氣怡人的事實。

其實，王錦華女士不僅是一位「泡咖啡」的能手，更應該是一位釀造愛情「美酒」的高手。如她在會上朗讀的自己的佳作〈父債子還〉的散文就已經證實了這一點。儘管這篇文章都是讚美丈夫怎樣在「情人節」裏送花、送禮物向她表示「愛情」，但箇中同樣也展現了她是如何釀造愛情「美酒」的情節，使月曲了對她這壺「美酒」「越喝越愛酒，越喝越覺得酒美。因而，要終生喝下去……」菲華文壇前輩施穎洲先生說的「（月曲了和王錦華）夫婦是很可愛的一對，不只是『男才女貌』，他們的生活，不僅寫作與生活一樣美好」，已經做了很好的概括。

二〇〇七年九月二日

永遠之遠

蕉椰

月曲了和王錦華是菲華文壇一對永遠的情侶，不老的情侶。最近為了慶祝他們相識五十年的銘心之愛，特別製作出版了一本精緻的新書《異夢同床》。異夢，因為月曲了織的是詩夢，王錦華編的是散文夢，不同的夢最終卻有了共同的中心，就是他們不變的愛。

月曲了的詩語言充滿魔幻的魅力，王錦華的散文簡直是現實生活的表白。他們的這本《異夢同床》具有特殊意義，首先，他們夫婦都是土生土長的菲華作家，再來便是一半詩一半文結合兩者優勢，展現純文學的高雅格調。

月曲了的作品本就不多，加上他對待創作精益求精，幾乎沒有應酬之作，因此，首首佳作。不光如此，他連寫文章或致詞發言，也是滿口幽默的詩意。

尤其難能可貴的是，月曲了王錦華的人緣很廣，從新書發行會，即能看出他們的號召力。

一位寫作者或文化人，除了文章要寫得好之外，更要懂得做人，懂得結緣。否則自以為有名、有財、有勢，人家也懶得理你。如此之故，才有寂寞的人吃飽找事忙，結果弄得裏外不是人。

一位文化人要受人敬重，光靠財力是遠遠不夠的，最關鍵的是為人的態度，越謙虛越會被人重視。

永遠到底有多遠？月曲了和王錦華的永遠恩愛讓我們見證了永遠之遠。

月曲了的詩難懂嗎？應該不難懂。讀他的詩告訴你，什麼才是真正的詩，而非散文的分行。王錦華的散文小品，卻有點像不分行的詩。

講真話的文章

蕉椰

我非常欣賞月曲了王錦華伉儷其人其詩文，他們都是菲華文學本土中年精英。月曲了的詩語境和意境皆美，王錦華的散文是最真實的生活寫照。

一本《異夢同床》寫出了他倆的同中之異和異中之同。

一對恩愛的夫妻，一雙文壇的俠侶。

讀錦華文友的散文，最精彩的是她寫「小店」與兒媳之間的情感的篇章。

位於青山區的「小店」已經有了大名聲，「小店」薄餅成了富豪和小民的佳餚，人口相傳，登門採購者不絕如縷。讀錦華文友寫「小店」的〈推銷員〉、〈指責〉、〈小店拼盤〉、〈小店小事〉、〈捉賊記〉，好像通過作者的文字顯微鏡，透視了人性之善與惡。原來，「小店」的經營也不容易呀！

成功沒有偶然，「小店」若非苦心經營，不可能有今天的名聞遐邇。這說明了一項事實，即旁人在豔羨他人的成功如嫉妒他人的成就時，應該體會到成功者所付出的辛勞和努力。

王錦華的散文別具一格，她好像在把整顆心掏給讀者，什麼心裏話都毫不隱瞞的與讀者傾吐。

「講真話的文章」完全可以概括她的特點。

可惜的是，這麼有真情的文章卻難得一閱。希望錦華文友掌理「小店」之餘，能多撥出些時間來經營她的散文天地，為菲華文學添一抹異彩，為女性文學增一份重量。

王錦華雖然寫的是散文，所展現的情懷卻是詩的情懷，難道，沒有詩人丈夫的影響和熏染嗎？

一加一等於壹

謝馨

月曲了和王錦華是菲華文壇公認的一對佳偶，他們形影不離，你儂我儂，一道工作，一起赴宴，一塊兒逛街；當然也睡在同一張床上。

月曲了是傑出的詩人，已出版了好幾本詩集。王錦華是優秀的散文家，曾出版了一本散文集。現在兩人將近作編成冊，夫婦檔的新書即將問世，書名是《異夢同床》。乍聽之下，令我吃了一驚，是在開玩笑嗎？但再一想，卻明白了他們別具風情的含義和幽默，甚至覺得也許這就是他們美滿婚姻的秘訣吧！

黎巴嫩哲人紀卜蘭（Kahili Gibran）「為對方斟滿，卻不共飲一尊，」是婚禮上常被用來嘉勉新人的名言；中國傳統「合巹杯」也是二而為一的形制；比翼雙飛的兩隻鳥用的是自己的翅；連理並蒂的兩棵樹長在不同的根。月曲了、王錦華這對恩愛夫婦，卿卿我我，如膠似漆，卻依然保有自我——自我的思想、自我的心靈、自我的夢。唯其如此，他們才能攜手創造充實、完美的人生。

菲華文協叢書07　語言文學類　PG0769

甜的眼淚

作　　者 / 王錦華
責任編輯 / 陳佳怡
圖文排版 / 王思敏
封面設計 / 蔡瑋中

發 行 人 / 宋政坤
法律顧問 / 毛國樑　律師
印製出版 / 秀威資訊科技股份有限公司
114台北市內湖區瑞光路76巷65號1樓
電話：+886-2-2796-3638　傳真：+886-2-2796-1377
http://www.showwe.com.tw
劃撥帳號 / 19563868　戶名：秀威資訊科技股份有限公司
讀者服務信箱：service@showwe.com.tw
展售門市 / 國家書店（松江門市）
104台北市中山區松江路209號1樓
電話：+886-2-2518-0207　傳真：+886-2-2518-0778
網路訂購 / 秀威網路書店：http://www.bodbooks.com.tw
國家網路書店：http://www.govbooks.com.tw
圖書經銷 / 紅螞蟻圖書有限公司
114台北市內湖區舊宗路二段121巷28、32號4樓
電話：+886-2-2795-3656　傳真：+886-2-2795-4100

2012年6月BOD一版
定價：270元

國家圖書館出版品預行編目

甜的眼淚／王錦華著. -- 一版. -- 臺北市：秀威資訊科技, 2012.06
面；　公分. -- (菲華文協叢書) (語言文學類；PG0769)
BOD版
ISBN 978-986-221-960-7 (平裝)

868.655　　　　101008231

讀者回函卡

感謝您購買本書，為提升服務品質，請填妥以下資料，將讀者回函卡直接寄回或傳真本公司，收到您的寶貴意見後，我們會收藏記錄及檢討，謝謝！

如您需要了解本公司最新出版書目、購書優惠或企劃活動，歡迎您上網查詢或下載相關資料：http:// www.showwe.com.tw

您購買的書名：______________________________

出生日期：________年________月________日

學歷：□高中（含）以下　□大專　□研究所（含）以上

職業：□製造業　□金融業　□資訊業　□軍警　□傳播業　□自由業

□服務業　□公務員　□教職　□學生　□家管　□其它____

購書地點：□網路書店　□實體書店　□書展　□郵購　□贈閱　□其他

您從何得知本書的消息？

□網路書店　□實體書店　□網路搜尋　□電子報　□書訊　□雜誌

□傳播媒體　□親友推薦　□網站推薦　□部落格　□其他________

您對本書的評價：（請填代號　1.非常滿意　2.滿意　3.尚可　4.再改進）

封面設計____　版面編排____　內容____　文／譯筆____　價格____

讀完書後您覺得：

□很有收穫　□有收穫　□收穫不多　□沒收穫

對我們的建議：______________________________

____

____

____

請貼
郵票

11466
台北市內湖區瑞光路 76 巷 65 號 1 樓
秀威資訊科技股份有限公司 收
BOD 數位出版事業部

(請沿線對折寄回，謝謝！)

姓　名：＿＿＿＿＿＿＿＿　年齡：＿＿＿＿　性別：□女　□男

郵遞區號：□□□□□

地　址：＿＿＿＿＿＿＿＿＿＿＿＿＿＿＿＿

聯絡電話：(日)＿＿＿＿＿＿＿＿(夜)＿＿＿＿＿＿＿＿

E-mail：＿＿＿＿＿＿＿＿＿＿＿＿＿＿＿＿